MEURTRES À LA ROCHELLE

Le Mystère de la reine de Guinée

Collection dirigée par Thierry Lucas

Frédéric Bodin

MEURTRES
À LA ROCHELLE

Le Mystère de la reine de Guinée

LA GESTE

– I –

La Rochelle, 11 juillet 1784.

La Reine de Guinée avait fière allure. Ce navire à trois mâts était à l'amarre à Chef de Baie. Son pont une vraie ruche. Le capitaine François Chargé y jetait un œil bienveillant. Dans quelques jours, il devra prendre la mer pour une nouvelle expédition vers les côtes africaines, chargé de 350 tonneaux de marchandises, avec un équipage de cinquante-cinq hommes, y compris l'état-major. Il filerait ensuite en direction des îles des Amériques, avant un retour vers son port d'attache, La Rochelle.

François Chargé en était à son troisième voyage. Presque deux années de mer à chaque expédition. Pour la première fois cependant, le voilà « seul maître à bord après Dieu ». Capitaine du navire. Les deux précédentes, il avait tenu le rôle de second. Il lui fallait donc absolument honorer la confiance que lui faisait l'armateur Nicolas Guinaudeau.

— Alors François, prêt pour la grande aventure ?

— Oui Monsieur. Comme vous pouvez le constater, le chargement va bon train.

François Chargé et Nicolas Guinaudeau se connaissaient depuis une dizaine d'années. Depuis que le premier naviguait sur le navire du père du second. Les deux avaient à peine plus de trente ans. Aujourd'hui, Nicolas avait repris les affaires familiales après le décès du patriarche et François s'était vu confier le rôle de capitaine lorsque son prédécesseur en fut empêché par la maladie.

Sur le quai, le défilé des chariots était incessant. Des embarcations se chargeaient d'amener à son bord vivres et marchandises destinées au commerce dans les contrées africaines. Tout était soigneusement pointé par le représentant de l'armateur. Une expédition comme celle-ci coûtait suffisamment cher pour que le moindre objet soit comptabilisé.

— Dites-moi François, vous ne m'avez encore pas présenté votre plan de navigation.

— Ce sera fait dans les prochaines heures, Monsieur. Pourrai-je me présenter à votre domicile cet après-midi pour vous le déposer ?

— J'y compte bien, François. Disons à deux heures.

Bien qu'ils se soient côtoyés dix ans plus tôt en des lieux nocturnes pas forcément fréquentables de la ville, les deux hommes s'obligeaient au voussoiement. Le plan de navigation, Nicolas s'en contrefichait un peu. Il connaissait suffisamment François pour savoir qu'il choisirait la route la plus rapide et la plus sûre pour rejoindre la côte de Guinée, première escale de ce long périple.

Mais à deux heures de relevée, il le recevrait bien volontiers en son hôtel particulier, autour d'un café.

– II –

La Rochelle, vendredi 11 juillet 2014

Elle était là sur la table du petit-déjeuner. Le commissaire Pierre Laroche avait beau essayer d'avaler un café, ça ne passait vraiment pas ce matin. ELLE, c'est une lettre à l'entête de la République Française, ministère de l'Intérieur.

« Monsieur, par la présente, je dois vous vous informer qu'atteint par la limite d'âge autorisée, vous ne ferez plus partie des effectifs de la police nationale à compter du 1er janvier 2015 ».

La suite de la lettre était manuscrite.

« Cher Pierre, désolé d'avoir à t'infliger ça. Mais ça fait un bon bout de temps que je te conseille de ne pas t'accrocher et de passer à autre chose ».

C'était signé Michel Couteau, directeur général de la police, mais surtout vieil ami d'un temps où ils entrèrent dans l'institution à Paris.

Pierre Laroche était commissaire principal, affichait 62 ans et avait déjà obtenu une dérogation pour continuer au-delà de 59 ans, âge auquel il aurait dû cesser son activité.

Le téléphone vibra sur la table et le ramena à la réalité.

— Laroche !

— C'est Alexandre, commissaire.

— Je m'en doute, je vois ton nom qui s'affiche. C'est le mort du jour ?

— Vous ne croyez pas si bien dire patron. Un corps découvert aux Minimes sur un chantier de travaux publics.

— Je passe te prendre au bureau gamin.

Gamin, Alexandre Roullin l'était effectivement. Le petit dernier dans le service. Jeune lieutenant de police tout juste arrivé de la région parisienne où il en avait un peu bavé dans son premier poste. Une opération qui avait mal tourné dans une cité du nord de Paris et l'administration avait accepté de l'envoyer au vert, ou plutôt au bleu à La Rochelle. Après cinq années de carrière seulement, ça devait être du lourd.

Laroche l'aimait bien, son « gamin ». Sans doute parce qu'il voyait en lui une sorte de réincarnation, une décalcomanie de ce qu'il fut presque quarante ans plus tôt.

Jeune flic commençant sa carrière à Créteil dans le Val-de-Marne, au milieu des cités nouvellement construites, mais en un temps où personne n'aurait imaginé ce que cela aurait généré comme délinquance à l'avenir.

Dix minutes plus tard, Alexandre Roullin sautait dans la voiture de son patron, direction les Minimes au milieu d'une circulation de jour de Francofolies.

La voiture justement. À nulle autre pareille. Une CX Citroën, 2500 turbo-diesel, modèle 1981 que Pierre Laroche avait surnommé « La Mitterrandienne » eu égard à son année de « naissance ». L'autoradio à cassette crachait sa musique : la 6e symphonie de Beethoven, dite Pastorale, troisième mouvement, « l'orage ». Par l'orchestre philarmonique de Berlin dirigé par Herbert von Karajan, qui en aurait sans doute cassé sa baguette de rage s'il avait entendu ce bruit de casserole. Laroche, lui, s'en accommodait. Et puis de toute façon, ce n'est pas maintenant qu'il changerait sa vieille guimbarde.

ELLE était là, posée sur le tableau de bord et accrocha l'œil du lieutenant Roullin. Il fit aussitôt le rapprochement avec l'humeur matinale bougonne du « patron ». Alexandre osa.

— Quelque chose qui ne va pas ce matin, commissaire ?

— Ça ! lui répondit Laroche en montrant l'enveloppe d'un signe de tête. Tu te rends compte gamin. Ils me foutent dehors à la fin de l'année. Trop vieux qu'ils disent. Au rebus, monsieur le commissaire principal ! À la retraite d'office.

— La fin de l'année, c'est dans cinq mois, patron. Vous avez le temps de vous faire à cette idée.

— Alors, si je comprends bien, toi aussi t'es content de me voir partir. C'est ça, hein.

— C'est pas ce que je veux dire…

— Et bien rassurez-vous, vous me verrez déguerpir avant. Avec les congés de retard, que cette administration aujourd'hui sans le sou n'acceptera pas de me payer, je devrais partir vers la fin septembre.

La CX filait vers le nouveau port de plaisance en passant par le boulevard de la République. Alexandre Roullin hurla de tout ce que sa voix pouvait sortir. Sur le rond-point, le feu était au rouge. Surpris, Laroche écrasa le frein. Un énorme coup de klaxon retentit. Le bus Illico qui venait de Bongraine passa à dix centimètres du « nez » de la CX.

Laroche resta stoïque accroché à son volant. Son visage avait cependant changé de couleur. Il était blanc comme un linge de cuisine.

— Ça va patron ?

— Ouais gamin, ça va aller…

— Vous ne voulez pas que…

— … que tu conduises la Mitterrandienne ? Pfffft. Ah puis si, tiens.

Suprême honneur, Alexandre Roullin, s'assit à la place du conducteur. Ce que personne ne fit avant lui en trente-trois ans. Il prit la direction de l'avenue du Lazaret aux Minimes.

— C'est où ?

— Dans une rue juste derrière. La rue Lucile.

En ce début de matinée estivale la foule avait déjà envahi le port de plaisance. Le grand parking supportait son lot habituel de camping-cars installés là, collés-serrés.

La rue Lucile était fermée. Un bus articulé en obstruait l'entrée. Le chauffeur négociait le droit de passer car il ne pouvait faire demi-tour. Laroche descendit de la CX.

— Qu'est-ce que c'est que ce foutoir ?

Le gardien de la paix en faction au carrefour ne voulait rien savoir.

— Il est où ce cadavre ? Au milieu de la route ?

— Non, commissaire. Dans un jardin juste à côté.

— Alors, ce bus, il ne va gêner personne. Vous voyez bien que de toute façon il ne peut pas manœuvrer. Alors laissez-le passer.

Puis s'adressant au chauffeur :

— Et vous, faites savoir à vos collègues qui vont arriver derrière qu'ils ne viennent pas jusque-là.

Les deux s'exécutèrent. Roullin fit entrer la CX dans la rue Lucile. Cent mètres plus haut dans le terrain d'une résidence, l'identité judiciaire était déjà au travail.

— Ah commissaire, restez peut-être en arrière. Enfin, je vous aurai prévenu.

Marie venait de mettre en garde le « patron ». Technicienne d'IJ depuis quinze ans, elle avait vu bien des choses. Mais là !

N'écoutant que son courage, Laroche s'avança quand même. Quarante ans de police, on n'allait pas la lui faire. Le corps était là, entièrement dénudé. Au fond d'une tranchée. Tranchée l'était aussi la gorge du malheureux qui y gisait, vu qu'il n'y avait plus de tête. Et émasculé en plus de ça.

— Qu'est-ce que tu as Marie ?

— Rien patron. Pas la moindre trace de quoi que ce soit. Et comme vous pouvez le constater, ce n'est pas du côté des vêtements qu'on aura quelque chose.

— Gamin, commence à voir avec le voisinage s'ils ont entendu quelque chose. Et puis, il faut savoir à quoi était destiné ce foutu trou.

C'est Marie qui répondit sur ce dernier point.

— Le gardien m'a dit qu'une entreprise de travaux publics l'a creusé hier après-midi. On doit installer là un équipement destiné à la fibre optique. Une sorte d'armoire enterrée.

— Ouais, une armoire qui a failli servir de caveau. T'as une idée de l'heure de la mort.

— Compte tenu de la rigidité du corps, je dirais entre une heure et trois heures du matin. Mais c'est comme ça, à la louche. Ce qui est pratiquement sûr, c'est que puisqu'il n'y a pas beaucoup de traces de sang autour, on peut supposer qu'il n'a pas été tué là mais y a été amené.

— L'âge ?

—Je dirais la quarantaine !

— Et... comment dire... ce qui manque ?

— Rien vu à proximité, commissaire.

Dans les immeubles alentour, le déploiement policier n'avait pas manqué de faire venir aux fenêtres les curieux. Ce qui facilita le travail de Roullin pour l'enquête de voisinage. Il fit descendre les personnes une à une.

Le résultat ne fut pas probant. Personne n'a rien vu ni entendu au milieu de la nuit dans cette rue calme.

On installa des bâches autour de la scène de crime. L'équipe de l'identité judiciaire au grand complet arriva sur les lieux pour procéder aux relevés complets.

— Marie, je veux ton premier rapport sur mon bureau en début d'après-midi.

– III –

La Rochelle, après-midi du 11 juillet 1784.

Le ballet des chaloupes se poursuivait dans le port. Et le chargement de la Reine de Guinée avançait. François Chargé, livre de comptes sous le bras, grimpa dans l'une d'elles et quitta le bord pour son rendez-vous avec Nicolas Guinaudeau.

À La Rochelle, la famille Guinaudeau était une institution. Elle figurait depuis des décennies au nombre de celles qui avaient bâti leur fortune sur le commerce de mer. Le grand-père avait siégé dès sa création en 1719 à la Chambre de commerce. Elle contrôlait toute l'activité portuaire et sa devise était « À sa faveur je m'enrichirai », *Favento Ditabo*. Un programme. Tout comme les Rasteau, autre grande famille installée dans la place, les Guinaudeau étaient de religion protestante.

François Chargé se rendit dans la rue Porte Neuve. Un majordome le fit patienter dans le vestibule de cette demeure cachée dans une cour intérieure. Nicolas Guinaudeau fit son apparition en haut du grand escalier, s'y arrêta de sorte que son hôte ne put manquer toute la descente.

— Cher François, j'apprécie votre ponctualité. Elle vous honore.

Et il savait de quoi il parlait, lui qui était connu dans La Rochelle pour être toujours très en retard à ses rendez-vous. D'affaires comme galants.

— La marée montante permet d'éviter les désagréments d'un temps de voyage aléatoire, lui répondit avec humour François Chargé.

Nicolas Guinaudeau esquissa un sourire et fit entrer le capitaine dans son cabinet de travail au rez-de-chaussée. Le maître des lieux s'assit derrière un petit bureau sur lequel étaient entassés quelques livres de comptes. Il invita François à s'installer dans l'un des trois fauteuils disposés juste devant. Ce dernier entrait dans cette pièce pour la première fois. Il en admira la tapisserie à fleurs. La pendule posée sur la commode égrenait les secondes dans le silence du moment. Avant de donner la parole au commandant de son navire, Nicolas mit un peu d'ordre dans ses affaires.

— Alors François, où en sommes-nous ce jour ?

— Le chargement se poursuit, monsieur, mais je ne vous cache pas que nous avons quelques soucis pour nous approvisionner dans certaines matières. La concurrence est rude et quelques-uns n'hésitent pas à faire monter les prix. Je vous livre ce message reçu ce matin de Monsieur Rouleau, négociant à Marennes.

« Monsieur, je me chargerai avec plaisir de l'achat de 600 boisseaux de fèves que vous me dites avoir besoin. Mais j'ai la mortification de vous dire que je ne puis vous faire cet achat aux conditions que vous me proposez pour le paiement, n'ayant aucun moyen pour me procurer l'argent qui est, comme vous le savez, des plus rares pour faire ces sortes d'achats. Il faut de toutes nécessités avoir l'argent à la main, autrement, il n'y faut point penser.

On achète ici à dix livres notre boisseau, ce qui reviendra à dix livres, douze sols rendu à bord de barque. La récolte n'a pas été abondante. Je crois bien que ceux qui en auront besoin feront bien de se décider promptement. »

— C'est hors de prix, hurla Nicolas.

— Mais indispensable, reprit François.

— On dirait que les commerçants locaux veulent mettre à mort la vie du port. Avez-vous d'autres solutions ?

— À vrai dire non, monsieur.

— Proposez à ce monsieur neuf livres et nous payons de suite.

— C'est que... vous savez qu'il y a actuellement cinq bateaux en attente de départ pour une expédition comme la nôtre. Je ne suis pas certain qu'il accepte.

— Quoi d'autre ?

— J'étais venu avant tout pour vous expliquer notre parcours pour rejoindre les côtes d'Afrique.

— Peu m'importe la route, François. Je sais que vous ferez au mieux avec votre expérience et que vous ne mettrez jamais en péril cette expédition. En revanche, les conditions qui nous sont faites aujourd'hui dans les ports me semblent inacceptables. Pourquoi ne m'avez-vous pas prévenu plus tôt de cette hausse exorbitante des matières premières ?

Nicolas virait au rouge à la seule idée que la facture du départ serait plus lourde que prévu. Et puis il y avait cette fichue histoire d'assurance en négociation avec un courtier de Londres qui lui demandait des sommes astronomiques pour la cargaison.

Il avait beau compter et recompter, la note était salée. Et il y avait les gages de l'équipage à payer avant le départ. Qu'importe, le bateau devait partir.

Quand François ? Quand comptez-vous prendre la mer ?

La semaine prochaine, Monsieur. Pas après. Il nous faut un peu d'avance sur les autres bateaux annoncés au départ.

– IV –

Vendredi 11 juillet, après-midi

La « Mitterrandienne » était garée sur les places en épi juste devant le commissariat, place de Verdun. Laroche était en face, au Café de la Paix, illustre établissement d'un autre temps. Il y avait ses habitudes et déjeunait avec quelques copains. Qui avaient remarqué son air tracassé. Il leur raconta LA lettre et cette perspective qui ne l'enchantait guère : se retrouver à faire les mots croisés et regarder les jeux de l'après-midi sur France 3.

Il passa pour un doux illuminé. Son vieux pote Jean, lui-même flic retraité, l'envoya même promener.

— Oh, ne commence pas ! Regarde-moi, est-ce que j'ai l'air de m'emmerder ? Je suis un bienheureux depuis cinq ans.

Laroche ne prit même pas la peine de lui répondre.

— Bon allez, j'ai du boulot. On a trouvé un cadavre aux Minimes ce matin. Je crois que c'est du lourd.

Il tourna les talons sans même un au-revoir. Pierre Laroche détestait ce commissariat vétuste que l'on devait déménager depuis au moins quinze ans, dont les peintures dataient d'un temps lointain et les fenêtres tombaient en décrépitude. Et ce ne sont pas les médaillons à l'effigie de Réaumur et Dupaty ornant la porte principale, ni même les angelots encore visibles sur la façade qui, à ses yeux, rendaient ce bâtiment plus sympathique.

Il avait toujours un peu d'empathie pour ses collègues logés ici, car son antre à lui, l'antenne de la police judiciaire était installée dans un immeuble certes moins classe, mais tout aussi minable rue Léonce-Vieljeux. La CX démarra dans un nuage de fumée sous le regard médusé du planton du commissariat. Le rapport devait l'attendre sur son bureau.

Marie, la technicienne de l'IJ avait tenu parole. Le premier rapport sur le corps retrouvé quelques heures plus tôt aux Minimes était posé sur le bureau. Succinct, certes, deux feuillets dactylographiés, mais bien là. Marie passa la tête par l'entrebâillement de la porte.

— Alors commissaire, je peux aller déjeuner ? Parce que je vous ai fait ça entre midi et deux.

Pierre Laroche leva le nez et la regarda d'un air bizarre.

— Euh… Ah oui, bien sûr. Désolé pour le dérangement.

Le commissaire commença la lecture. Passa rapidement sur la description des lieux, il y était allé le matin. C'est au bas du premier feuillet que commençait le plus intéressant. L'observation était plus fine que le premier compte rendu fait le matin.

« *Corps de sexe masculin. Retrouvé sans tête ni attributs génitaux. Un mètre soixante-dix vraisemblablement pour un poids estimé de quatre-vingt kilos. L'individu a été retrouvé dans le fond d'une cavité creusée quelques heures auparavant si l'on en croit l'état de la terre encore très humide. La rigidité cadavérique constatée permet de situer l'heure de l'homicide à deux heures du matin. Le corps était vidé de son sang. Compte tenu de la faible quantité de sang trouvée dans la cavité, il est vraisemblable que l'homicide n'a pas été commis sur les lieux de la découverte. Le corps ne présente aucune autre marque de coups apparente. L'autopsie le confirmera ou l'infirmera. Tout comme elle nous donnera plus d'indica-*

tions sur l'âge de la victime que l'on peut évaluer à une quarantaine d'années. »

Laroche posa le rapport. Tout cela le laissa perplexe. Le « gamin » Roullin osa à son tour pousser la porte.

— Alors patron, vous avez les premiers éléments de l'IJ ?

— Ouais, lis-moi ça. Décapité et émasculé, sans doute pas sur place, vers deux heures du matin, et apparemment pas de trace d'autre violence. Ça fleure bon le guet-apens.

— Surtout qu'on l'a retrouvé dénudé. Pas le moindre indice côté fringues. J'espère que les prélèvements ADN parleront.

— Dis-donc « gamin », est-ce que t'as vu le proc' ce matin sur les lieux ?

— Non patron, mais cette semaine c'est Garnier qui est de permanence au parquet et vous savez bien que pour le faire sortir de son bureau, il faudrait que ce soit la Chancellerie qui lui en donne l'ordre.

— Pas faux !

Laroche passa à autre chose.

— Bon t'en es où sur le braquage du Crédit du Sud-Ouest à Rochefort ?

– V –

17 juillet 1784

La veille du départ, le chirurgien Barraud convoqua tous les hommes pour leur rappeler les règles d'hygiène absolument nécessaires pour éviter que la maladie ne gagne le bord.

«Je ne veux ici que des gens sains» leur avait dit le médecin sous l'œil du capitaine François Chargé. Chacun devait avoir du linge propre et veiller à son entretien. En cas de pluie, les matelots devaient se changer après chaque grain. Ils devaient aussi veiller à ne pas introduire les vêtements humides dans les entreponts. Les sacs seraient inspectés par les officiers. Les vêtements humides devaient être exposés à l'ardeur du soleil dès que possible. Tous les huit jours, de l'eau de mer devait être jetée dans la cale et aussitôt pompée. L'eau douce devait être absolument filtrée avant d'être consommée. La bouche des matelots serait régulièrement inspectée par le médecin de bord et nettoyée régulièrement au vinaigre.

Le scorbut était le fléau le plus courant dans les expéditions vers l'Afrique et les Amériques. Ses causes étaient parfaitement identifiées par les chirurgiens de bord. Les passages pluvieux, la viande salée et l'absence de viande fraîche en étaient les facteurs premiers. Plus la période passée en mer était longue, plus les risques de propagation étaient grands. Il était donc important que l'on embarquât des anti-scorbutiques en grande quantité : vinaigre, citron, moutarde, café, sucre, gruau, oseille, choucroute.

Le chirurgien Barraud avait eu carte blanche de l'armateur pour la quantité à emporter. « Venez me voir au moindre indice de la maladie » avait-il conclu son adresse à l'équipage.

Cette fois la Reine de Guinée pouvait faire route vers la côte africaine. Le navire quitta Chef de Baie. François Chargé avait tenu le délai annoncé à Nicolas Guinaudeau. Finalement, un accord avait été trouvé avec le sieur Rouleau à propos du chargement des 600 boisseaux de fèves. À l'avantage du négociant qui avait su faire jouer à merveille la loi de l'offre et de la demande. L'armateur avait dû céder. Les cales étaient également pleines d'eau de vie de Cognac et de vin de Saumur, de tissus, de vaisselle et autres objets d'orfèvrerie et de coutellerie. Avaient également embarqué deux tonneliers d'Aigrefeuille-d'Aunis, qui en échange de la fourniture gracieuse d'une dizaine de tonneaux et du rôle d'hommes d'équipage avaient obtenu de Nicolas Guinaudeau le privilège de pouvoir « traiter » trente nègres pour leur compte.

– VI –

Lundi 21 juillet

Dix jours déjà que le corps avait été retrouvé aux Minimes. Et cinq jours passés – les enquêteurs ne travaillaient le week-end qu'en cas d'urgence – à chercher des indices. La faible collecte ne troublait pas pour autant Pierre Laroche.

L'autopsie, qui avait été pratiquée le mercredi, décrivait par le menu le mode opératoire de ce crime. Égorgement, un corps qui se vide de son sang. La tête a été coupée ensuite. Le sexe a vraisemblablement été coupé *post-mortem*. Pas de trace de violences, ni de coups. Pas de fractures, pas d'hématomes. La conclusion du légiste était sans appel: « Pas le souvenir d'avoir vu un tel mode opératoire en vingt-cinq ans de métier. On ne peut qu'être impressionné par la blessure franche ». L'âge de la victime était estimé à quarante-quatre ans, une dernière analyse était en cours.

Alexandre Roullin, lui, trépignait. Malgré ses cinq ans de police, il était plutôt un adepte de l'enquête à la vitesse 2.0. Planté devant la machine à café, il reçut une grande claque dans le dos qui lui fit presque renverser son gobelet.

— Dis donc gamin, je ne te demande pas ce que tu as fait ce week-end. Tu es rouge comme une écrevisse. T'avais oublié ta crème solaire ou quoi ?

— M'en parlez pas patron. Deux jours de mer magnifiques. Mais je vous l'accorde, les coups de soleil à la clé.

— Bon dis donc, tu vas ralentir un peu sur le braquage de Rochefort et on enquille sérieux sur le macchabée des Minimes. Le proc' vient de me demander où en était l'enquête et j'ai été bien emmerdé pour lui répondre. J'ai argumenté en disant qu'on n'avait pas les résultats du test ADN, mais c'est vrai qu'il va falloir qu'on se bouge un peu.

— Qu'on se bouge, qu'on se bouge. Je vous rappelle qu'on a rencontré presque cent personnes du quartier la semaine dernière. Qu'on a même tenu une « permanence » devant la boulangerie des Minimes. Alors il est bien gentil le parquetier, mais on n'est pas resté les deux pieds dans la même godasse.

— Et bien décroche ton téléphone, et va lui dire au proc'. M'est avis que tu vas te faire bien recevoir. Après, où je suis d'accord avec toi, c'est sur le fait que c'est lui qui n'a pas demandé l'urgence pour les tests ADN parce qu'on est en juillet et que le budget de l'année est bien entamé. Bon justement, tu vas m'appeler le labo à Nantes et demander quand on peut caresser l'espoir d'avoir les résultats.

La réponse tomba dix minutes plus tard. Ce serait pour le lendemain. Cela redonna du baume au cœur des deux enquêteurs.

— Allez, lieutenant Roullin, que diriez-vous d'une petite escapade aux Minimes.

À ce moment, le téléphone sonna sur le bureau du commissaire.

— Ah non ! Pas lui !

— Ici le substitut du procureur Garnier. Commissaire, j'aimerai vous voir tout de suite dans mon bureau. Je ne peux pas vous dire par téléphone. Venez avec votre inspecteur.

— Sauf votre respect monsieur le procureur, il y a bien des années qu'on dit « lieutenant ».

Il raccrocha de la plus inélégante des façons. Laroche et Roullin décidèrent de rejoindre le tribunal à pied. Il n'y avait que quelques centaines de mètres à parcourir.

Le tribunal de La Rochelle avait cela de particulier qu'il ne correspondait pas aux codes des palais de justice. Et bien que l'intérieur ait été en grande partie rénové, il conservait un aspect vieillot. Heureusement, il y avait les pancartes sous les arcades pour guider le public.

Les deux flics rejoignirent le long couloir du parquet. Le procureur Garnier avait laissé sa porte ouverte pour les guetter.

— Entrez Messieurs et asseyez-vous.

Les salutations d'usage furent de courte durée. La magistrat ne posa qu'une question et entra dans le vif du sujet.

— Je suppose que si je n'ai pas de nouvelles de votre part, c'est que votre enquête sur les Minimes n'avance pas d'un centimètre ? C'est bien cela ?

Laroche en resta interloqué et Roullin avait envie de se glisser sous la chaise.

— C'est que… Monsieur le procureur…

Le commissaire n'eut pas le temps de finir sa phrase.

— Bon je sais, j'ai lu le premier rapport et je sais que les analyses ADN ont été demandées à la vitesse du timbre lent. Écoutez-moi bien, ce matin un signalement de disparition est arrivé dans notre service. Et pas chez vous ni chez les gendarmes, parce que c'est une affaire délicate.

Il y eut un silence. Voyant que les deux policiers ne relançaient pas la discussion, le substitut continua.

— Il s'agit d'une grande famille rochelaise. Les Delannoy. Charles-Edmond Delannoy, 44 ans, président du chantier naval du même nom. Il n'a pas été revu depuis le 10 juillet.

— Inquiétante, inquiétante, le signalement est quand même fait onze jours après. Alors ceux qui le recherchent ne devaient quand même pas être si inquiets que ça.

À son regard, le substitut Garnier fit comprendre qu'il goûtait peu la remarque de Laroche.

— À partir de maintenant, considérez commissaire que ce signalement nous vient de très haut et le procureur lui-même, mon supérieur hiérarchique donc, m'a fait savoir qu'il voulait être tenu informé du moindre détail.

— Et qu'attendez-vous de nous ?

— Je vous confie cette enquête. Voici une liste de noms que vous pouvez contacter.

- VII -

Lundi 21 juillet au soir

Laroche et Roullin avaient passé le reste de l'après-midi à donner quelques coups de fil concernant la disparition de Monsieur Delannoy. Et surtout pris des rendez-vous pour le lendemain matin. Ils s'en iraient donc voir Mme Delannoy, l'épouse qui ne s'inquiète pas de la disparition de son mari pendant dix jours.

— Tu sais quoi « gamin », je l'imagine bien avec une bonne tête de cocu la brave dame. Le genre « j'ai l'habitude qu'il se tire avec une autre, mais plus d'une semaine ça fait beaucoup ».

Ensuite, ils iraient voir le personnel du chantier.

— Ou alors, c'est le comptable qui commençait à baliser parce qu'il ne savait pas qui pourrait signer les paies. Allez, demain sera un autre jour. Profites-bien de ta soirée petit, et va soigner tes coups de soleil.

La « Mitterrandienne » avait passé tout l'après-midi sous un soleil de plomb et il y faisait cinquante degrés. Laroche pesta, ouvrit toutes les vitres et dût attendre dix minutes que le volant refroidisse pour y poser les mains.

Un quart d'heure plus tard, il avait rejoint son modeste pavillon de Lagord : une cuisine, un salon, deux chambres – la deuxième au cas où, mais qui en fait n'avait jamais été utilisée –, un bout de garage trop petit pour y entrer son char d'assaut d'un autre âge.

Il n'y avait pas de Madame Laroche, il n'y en avait pas eu et il n'y en aurait sans doute jamais. Le commissaire semblait n'avoir jamais eu à en souffrir, se contentant de quelques aventures passagères, même si, la retraite arrivant, il voyait la solitude se pointer à grands pas. « On t'inscrira sur un site de rencontres » lui avaient dit ses vieux potes. Mais lui en savait beaucoup sur ces lieux faciles et parfois d'arnaque et n'avait pas envie de tomber dans la facilité. Son seul atout était sans doute qu'il gardait une certaine forme physique et, il faut bien le dire, ne faisait pas sa soixantaine dépassée. Alors, il se réconfortait parfois en se disant qu'il ne fallait jamais dire jamais.

Il faisait ce soir dans la nostalgie. LA lettre trônait sur le meuble du salon. Il l'avait relue au moins trois fois pour s'assurer qu'il ne rêvait pas. Plus de dix jours qu'ELLE était arrivée et autant de nuits à ne pas trouver un vrai sommeil. Il ouvrit le bar, se servit un Four Roses triple dose. Le bourbon était son pêché mignon. Il s'assit sur la terrasse encore ensoleillée en cette fin d'après-midi. Sec le bourbon, et sans glace. Un avion passa au-dessus de la maison et comme à chaque fois, il avait l'impression qu'on volait un peu de son intimité.

La première gorgée passa difficilement. La quatrième le ramena quarante ans en arrière à Créteil. À peine sorti de l'école de police. À une époque où il ne fallait pas bac + 5 pour prétendre accéder à ces postes. Créteil, cette ville née dans les années soixante dans le tout nouveau département du Val de Marne. Ses cités naissantes et ses barres d'immeubles en fin de construction. Sa petite vie de flic dans une ville alors très calme. Laroche n'avait pas oublié sa prise de fonctions ce jour de mai 1974. Quasiment le même jour que Giscard. Mais lui à l'Élysée. Toujours présent à l'esprit également, Poniatowski, son premier ministre de l'Intérieur. «Le premier qui voulait terroriser les terroristes» se souvenait Laroche. Entré dans la police à 22 ans, sorti à 62 ans.

Le triple bourbon n'était pas venu à bout de sa soif en cette soirée d'été. Il enchaîna sur une bière, 50 cl s'il vous plaît, achetée quelques jours plus tôt à la cave voisine.

Le frigo était vide, Laroche prit la sage décision d'aller se coucher à 21 h 30.

- VIII -

Début août 1784

Le bateau filait sous un vent de 10 nœuds au large du cap Finisterre et s'apprêtait à passer près des côtes du Portugal. François Chargé était dans sa cabine et compagnie de ses deux lieutenants. Les cartes étaient dépliées sur la table. Ils établissaient la route précise pour rejoindre les côtes d'Afrique. Que l'armateur lui ait laissé carte blanche l'avait rassuré. Il n'aurait pas de comptes à rendre. Et puis, cette route, il commençait à la connaître pour l'avoir fait deux fois. Ils descendraient le long de la péninsule ibérique puis mettraient le cap sur les Canaries puis les îles du Cap Vert.

Le capitaine libéra ses officiers pour retrouver la solitude de sa cabine. François Chargé était inquiet. Non pas qu'il craigne pour sa navigation. Mais dans son rôle de commandant du navire, il allait devoir pour la première fois diriger lui-même les opérations de traite des nègres et ce qu'elle avait d'inhumain. Il en était convaincu. Lors de ses deux voyages précédents, il avait pu observer attentivement ce en quoi cela consistait. Mais cela faisait partie de sa mission et il ne pouvait trahir la confiance de celui qui la lui avait confiée. Il regrettait presque à cet instant d'avoir cédé à l'appât du gain. « C'est la seule navigation dans laquelle on puisse aujourd'hui faire fortune » avait argumenté Nicolas Guinaudeau. Même si c'était surtout lui qui engrangerait les bénéfices. Et, comme un idiot, il avait répondu aux sirènes de l'argent. Il savait qu'il devrait prendre en charge quatre cent cinquante hommes, femmes et enfants qu'il destinait à l'esclavage dans les lointaines plantations de Saint-Domingue. Il savait que la mortalité dans cette traversée de l'océan serait de dix pour cent dans le meilleur des cas, de quarante si la maladie envahissait le navire. Il aurait en main le destin de tous ces êtres humains. On frappa à la porte de sa cabine. Le chirurgien Barraud était dans l'encadrement.

— Capitaine, on va avoir besoin de vous. Il y a un problème avec un novice.

Le capitaine le suivit à l'arrière du navire. Le jeune Antoine était là, prostré. Le médecin expliqua.

— Nous étions là, capitaine, en conversation avec votre premier lieutenant. Ce jeune homme est venu nous demander d'avoir pitié de lui et de lui accorder notre pardon. Il s'est mis à genoux devant nous pour nous implorer. Nous l'avons renvoyé en l'assurant qu'il ne lui serait pas fait de mal et que nous le protégerions. Que nous n'avions rien à lui reprocher. Mais regardez, il ne réagit pas.

François Chargé s'approcha de lui pour entamer un dialogue. À cet instant Antoine courut vers la lisse à tribord et après avoir furtivement regardé de tous côtés se précipita à la mer.

— Voiles sous le vent et yole à la mer, hurla le capitaine dans l'instant. L'équipage fut prompt à la manœuvre.

La chance était avec Antoine. Et il dut son salut à une ligne de pêche à la traîne. L'hameçon avait pris le bras de ce malheureux, ce qui l'avait empêché de couler. Il fut rapidement récupéré par les matelots à bord de la yole et conduit dans le cabinet du chirurgien qui le ramena à la vie, bien qu'il fût déjà froid, et soigna sa blessure.

L'épisode troubla François Chargé qui regagna son antre pour prendre quelque repos. On remit le navire sous voile et l'équipage reprit ses activités habituelles. Antoine dormait du sommeil du juste. Par précaution, un matelot fut placé devant la porte.

– IX –

Mardi 22 juillet.

Ô brumes matinales, ô mal au crâne. Y'a des matins meilleurs. Laroche était planté devant la machine à café des locaux de la PJ.

— Ah quel con. J'ai mis du sucre. Ça va encore être imbuvable.

Le jeune Roullin n'était pas mieux que son patron. Les yeux encore bien rouges.

— Eh gamin. T'as tisané toi aussi on dirait?

— M'en parlez pas, un vrai traquenard hier soir commissaire. Couché à trois heures ce matin et des éléphants au plafond.

— Ne me dis pas que…

— Si patron. Oh juste un petit joint, mais un peu arrosé quand même.

Il fallait pourtant qu'ils aillent chez Mme Delannoy. Le proc' ne leur pardonnerait pas. Poussivement, la « Mitterrandienne » les amena devant une belle demeure XIXe à deux pas de l'ancien hôpital militaire Auffredy. L'interphone leur demanda de décliner leur identité.

— C'est la police Madame, commissaire Laroche et lieutenant Roullin.

Un grésillement sortit de la porte qu'ils n'eurent qu'à pousser. Le jardin était magnifique, comme si la pelouse était coupée au ciseau. La cour était ornée de nombreux massifs fleuris qu'un jardinier entretenait. Les deux policiers s'avancèrent vers le perron où les attendait une grande femme brune à la peau mate, d'une fort belle élégance. Il n'y avait peut-être pas de Madame Laroche, mais le commissaire n'était pas insensible à ses charmes. Les yeux de Roullin, eux, en perdirent leur rougeur.

— Bonjour Messieurs, je suis Agnès Delannoy. Je vous attendais. Je vous en prie entrez.

Laroche en ravala sa réflexion de la veille au soir. Et si vraiment elle était cocu, c'est que son mari n'avait pas de classe. Les deux hommes se ressaisirent pour sortir des brumes.

— Madame, nous avons été informés par Monsieur le procureur du signalement que vous avez fait concernant une probable disparition de votre mari.

— Non, monsieur le commissaire, pas probable, certaine.

— Mais pourquoi avoir attendu dix jours pour le faire ?

— Parce que je n'étais pas là Messieurs, tout simplement. Je suis avocate et j'étais en congrès à Boston. J'en ai profité pour rester quelques jours de plus. Je suis rentrée vendredi. Ce week-end je ne me suis pas inquiétée, me disant que lui était parti. Comme il le fait parfois. Sans prévenir.

— Vous n'avez pas échangé, pas un coup de fil, un courriel, pas de contact avec votre mari ?

— Disons que… ça n'est pas vraiment notre mode de fonctionnement. Que pour préserver notre couple nous nous aménageons des espaces de liberté.

— Et hier matin donc…

— Hier matin, c'est le directeur général de l'usine qui m'a appelé. Pour me dire qu'il n'avait pas vu Charles-Edmond depuis le 10 juillet. Qu'une telle durée d'absence ne s'était jamais produite. Et surtout que sa voiture était dans un hangar de l'usine. Ce qui ne lui semblait pas normal. Je dois vous préciser que je ne m'occupe pas du tout du chantier naval. Que je connais à peine son directeur qui m'a été présenté une fois et que je n'ai jamais revu. Voilà pourquoi l'avocate que je suis a alerté directement le bureau du procureur. Une affaire sur laquelle j'ai demandé la plus grande discrétion, vous comprenez.

Laroche écouta, nota, posa quelques questions, à laquelle Agnès Delannoy n'avait pas toujours la réponse. Ces deux-là, vraiment, vivaient de façon très indépendante. Il était trop tôt pour passer aux questions personnelles, genre vie de couple. Si tant est que finalement il y en ait une.

— Est-ce que vous lui connaissez des inimitiés ? Ses fréquentations ? Sortez-vous ensemble parfois ?

— Je vois où vous voulez en venir commissaire. Vous vous imaginez que nous vivons chacun de notre côté. Pas du tout. Nous sortons souvent ensemble. On pourra aisément vous le confirmer dans la société rochelaise. Nous allons souvent au restaurant. Cherchez du côté des tours ou du mail, on pourra aussi vous le confirmer. Et ce n'est pas parce que parfois nous nous échappons que nous nous fuyons. Nous avons surmonté des tempêtes, la plus grosse étant que nous n'avons pas et n'aurons pas d'enfant.

Après avoir annoncé à Agnès Delannoy qu'ils iraient aussi interroger le directeur du chantier naval, Laroche et Roullin prirent congé.

Rue Léonce-Vieljeux, Marie, la technicienne de l'IJ, courait dans tous les sens.

— Il est où Laroche, il est où ?

— Il est juste derrière toi. T'as l'air tout affolée ?

— Patron, on a reçu les tests ADN et c'est plutôt une mauvaise nouvelle. Ça ne matche pas dans le fichier.

— Et merde.

Le mort était inconnu des services de police. Jamais eu l'occasion d'imbiber le coton-tige de salive. Pas un délinquant, ni petit, ni gros. Jamais eu à faire avec la justice. L'enquête repart du point zéro.

— Gamin, je ne crois pas au hasard mais parfois aux coïncidences.

Le lieutenant ouvrit ses yeux du plus grand qu'il pût en ce lendemain de soirée arrosée.

— Qu'est-ce que vous voulez dire, commissaire ?

—Je veux dire que Marie va préparer sa valise de matériel, qu'on va foncer au chantier Delannoy et faire des prélèvements d'ADN dans la voiture. On dira que c'est le protocole dans ce type de recherche. Et puis on va le comparer avec celui du trucidé des Minimes. T'en profiteras pour interroger le directeur général sur le mode de fonctionnement du disparu. Et puis si ça se trouve les deux affaires n'ont rien à voir entre-elles. Franchement ce serait bien qu'il y ait un lien entre les deux, ça ne nous ferait qu'une enquête.

Le chantier Delannoy était installé depuis deux décennies dans le quartier de la Pallice. Trop à l'étroit dans le quartier du bassin des chalutiers, il avait déménagé. Charles-Edmond Delannoy n'avait que 24 ans lorsqu'il devint le bras droit de son père. Il le resta pendant douze ans. En 2006, il lui laissa les rênes.

En 2000, à l'âge de trente ans, Charles-Edmond avait épousé Agnès Durtal, une jeune Parisienne de deux ans sa cadette. La cérémonie en la cathédrale Saint-Louis de La Rochelle avait donné lieu à beaucoup de faste. Contrairement à la tradition, le mariage fut célébré sur les terres du marié. Les Durtal, tous deux avocats d'affaire dont le cabinet était très réputé sur la place de Paris, n'y trouvèrent à redire. Agnès était à cette époque stagiaire dans le cabinet familial.

La question du lieu de résidence du couple ne se posa pas. Par obligation. Quelques semaines plus tard, à la fin de son stage, Agnès vint donc à La Rochelle. La maison familiale des Delannoy fut mise à leur disposition par les parents qui, eux, avaient acheté un appartement dans une résidence de grand standing face aux deux tours.

La jeune avocate y ouvrit un cabinet, en fait une annexe de celui de ses parents et se fit rapidement une belle clientèle. Autant dire que le couple Delannoy devint incontournable dans les soirées rochelaises.

En débarquant avec Marie au chantier à la Pallice, Laroche et Roullin se firent tout de suite indiquer l'endroit où était stationné le véhicule. Fermé à clé naturellement. Ça commençait mal. Le commissaire fit envoyer une patrouille au domicile des Delannoy où il devait y avoir un double. Les agents revinrent bredouilles. On appela donc un garagiste. Celui-ci avait l'équipement qui permet de déverrouiller les portes des voitures fonctionnant à carte.

Tandis que Laroche se préparait à entrer dans la Mercedes, Marie hurla.

— Recule tout de suite.

Pour la première fois elle venait du tutoyer le patron, instinctivement.

— Ah pardon, commissaire, ça m'a échappé. Mais vous alliez me polluer ma scène de crime. Vous n'aviez même pas pris de gants.

« Ouais, c'est ça. Traites-moi de vieux machin toi aussi ». Laroche avait fait un bond en arrière. Marie s'équipa de pied en cap. Combinaison, masque, gants, paire de lunettes.

— Dis Marie, tu me fais le coup des « Experts à La Rochelle » ?

— Mais non, patron, c'est la procédure.

Roullin pianotait sur son smartphone.

—Et ça, c'est aussi la procédure, gamin? Ah je crois que vous avez raison. Il vaut mieux que je parte et que je vous laisse à votre police scientifique et, comment vous dites, numérique c'est ça?

Marie en avait assez d'entendre ces sornettes. Elle prit délicatement le montant de la portière et commença une inspection en règle. Elle enregistrait tout sur un dictaphone.

«Inspection visuelle. Aucun désordre apparent dans la voiture. Très propre et rangée. Aucun objet dans la console centrale excepté un chargeur de téléphone branché sur la prise allume-cigare. Ouverture du vide-poches côté passager. Présence de la pochette contenant les papiers du véhicule, certificat d'immatriculation et carte d'assurance. Au fond, une pochette contenant le guide d'entretien de la voiture. Deux CD, U2 et les Rolling Stones. Une clé de serrure de sécurité. À vérifier son usage. Dans les vide-poches de portes, un gilet fluo de sécurité côté conducteur. Une petite sacoche de pharmacie côté passager. Contenant pansements, spray désinfectant, spray anti-moustiques, une boite de paracétamol, date de péremption dépassée de six mois. À l'arrière du véhicule RAS. Ouverture du coffre, RAS. Présence d'un kit de gonflage, la voiture n'ayant pas de roue de secours».

Marie rangea son enregistreur. Et maintenant, place au luminol, révélateur des traces de sang. Était-ce l'instinct? Elle commença par le coffre. Prit ses lunettes. Le fond était bleu.

—Bon sang commissaire, venez jeter un œil.

Laroche n'eut pas besoin d'approcher. À trois mètres, et après avoir mis lui aussi une paire de lunettes, il aperçut les traces.

—C'est drôle Marie comme on a sans doute eu la même idée. On vient enquêter sur une disparition et la première chose qu'on cherche ce sont des traces de sang. Tout ça parce qu'on a un cadavre sur les bras depuis dix jours.

—Ah, je n'y avais pas pensé. Non patron, c'était routinier de ma part.

—Bon tu me regardes partout si on peut prélever de l'ADN là-dedans. Il doit y en avoir plein.

Et pour y en avoir, il y en avait. Le sang, quelques cheveux sur les appuie-tête, des traces sur le volant. Un vrai régal pour les techniciens d'investigation.

Pendant ce temps, Roullin questionnait le directeur général. Qui expliquait qu'il ne voyait pas très souvent son président. Charles-Edmond Delannoy se moquait-il de ce qui se passait dans son entreprise?

Sans doute pas. Mais, interrogés, quelques membres du personnel présents depuis plusieurs décennies se rappelaient d'un jeune homme bien dilettante, même lorsque son père dirigeait encore la « boite ».

— Ah c'est sûr que c'était autre chose avec Monsieur ! ont confirmé les anciens aux enquêteurs.

– X –

Au large de la Guinée, fin octobre 1784

Après trois mois de mer et une descente assez calme, la Reine de Guinée était en approche des côtes. Ces trois mois de mer avaient cependant été marqués par le comportement toujours irrationnel du novice. Il avait d'ailleurs dû être mis aux fers pour d'évidentes raisons de sécurité, jusqu'à ce que la raison lui revienne. Le chirurgien avait tout essayé, rien n'y fit : bains à l'eau froide, saignées pour l'affaiblir, préparations médicamenteuses que d'ailleurs il a toujours refusé de prendre.

Dès qu'on lui laissait une once de liberté, Antoine n'avait qu'une envie : sauter par-dessus bord. Un soir de septembre, François Chargé nota même dans le journal de bord : « C'est la troisième fois qu'on lui tire du sang sans succès apparent, si ce n'est celui qu'on peut espérer en délivrant un malheureux des peines de ce bas monde ».

Arrivé en Guinée, il faudrait bien prendre la décision. Qu'allait-on faire d'Antoine ? L'abandonner à son triste sort vraisemblablement.

À quelques heures de jeter l'ancre, le capitaine fit faire à son équipage l'état du stock des marchandises entreposées dans la cale. S'il n'était pas inquiet pour l'eau de vie et la verroterie, il craignait que le métal et les tissus aient souffert de l'humidité. Il fallait également évaluer la qualité des réserves de nourriture qui devaient faire la traversée jusqu'à Saint-Domingue. Déjà, il avait dû rationner l'équipage car le voyage le long des côtes africaines avait duré deux semaines de plus que ce qu'il aurait dû être. Les réserves d'eau étaient elles aussi à un niveau bas.

François Chargé, pour sa première expérience de « traiteur », devrait donc faire vite. Il n'était pas envisageable de rester ici plus de trois mois. Le capitaine devrait donc négocier durement avec les chefs coutumiers locaux. D'autant que trois navires étaient également là et que leur traite n'était pas terminée.

Le lendemain matin, il fit préparer les chaloupes pour se rendre à terre. François demanda à son second et ses lieutenants de le rejoindre dans sa cabine. Il fallait organiser cette première descente à la côte et faire l'inventaire de ce qu'on pourrait offrir en échange de quelques faveurs pour procéder à la traite.

- XI -

Mardi 22 juillet, après-midi.

—Je crois patron qu'on devrait faire évacuer la voiture et la mettre en sécurité.

— T'as raison Marie. D'ailleurs j'ai déjà commandé une entreprise de dépannage. Il faut juste qu'on trouve une bâche isolante pour la protéger.

— Ne vous inquiétez pas, je sais qu'il y en a au commissariat central.

Installée sur le plateau, sous une toile bleue, la berline allemande fut emmenée vers un endroit discret. Étonnant spectacle que cette voiture cachée qui traversa toute la ville escortée par quatre motards, toutes sirènes hurlantes.

— Et maintenant, il faut que je prévienne le proc'.

Laroche se demandait si un jour, il pourrait travailler tranquillement. Cette fois, il savait que les analyses d'ADN qu'il allait demander seraient faites en accéléré. Et tant pis s'il n'y a plus de papier dans les photocopieuses à la fin de l'année. « Ça vient d'en haut » lui avait dit le substitut.

Et puis, on n'allait pas tout mettre sur cette disparition. Il fallait aussi qu'on avance sur le mystère du cadavre.

— Roullin, allez vient, on retourne aux Minimes. Faut que je revoie sur place, on va à nouveau sonner et frapper aux portes. C'est quand même pas possible que personne n'ait rien entendu, rien vu dans un quartier où il y a toujours des fêtards.

— Vous m'usez commissaire. Alors ce qu'on va faire, c'est aller sonner aux portes auxquelles personne n'a répondu. Parce que j'ai tout noté.

Dans son smartphone, il ouvrit le dossier « Mes fichiers ». La liste était là.

— Et regardez, patron. Miracle du modernisme. J'appuie sur la touche Impression et... et... l'imprimante dans la pièce à côté se met au boulot. Plus belle la vie.

— Oui c'est ça. Et si je mets un coup de pied dans ton téléphone par inadvertance, il en reste quoi de ta liste des courses ? Rien !

Laroche ouvrit le grand tiroir de son armoire de bureau.

— Tu vois, là il y a une cinquantaine de cahiers. Sans doute une quinzaine d'années. Ceux d'avant sont soigneusement archivés.

Tu peux me demander tout ou presque sur mes trente années passées ici à La Rochelle. Et comme je ne suis bordélique que chez moi, ici tout est repéré par des petites étiquettes. Alors, ton smartphone qui déclenche les imprimantes à distance, ta wifi, ta 4G et tout le bazar, « ça m'en touche une sans faire bouger l'autre » comme a dit Chirac.

Ils partirent tous les deux dans un grand éclat de rire. Il était quinze heures et, chaleur faisant, Rochelais et touristes n'avaient encore pas envahi les rues. Ils ne mirent que dix minutes pour rejoindre la rue Lucile. Sans doute pas le meilleur moment cependant pour aller sonner aux portes. Roullin avait tout prévu et fait photocopier des flyers invitant les personnes à prendre contact avec la police.

La bonne surprise leur vînt pourtant rapidement. Partout, où qu'on soit, il y a toujours un riverain un peu concierge. Et, qui plus est, regarde la télévision l'après-midi.

— Qu'est-ce que c'est ? Si c'est pour de la pub, j'ouvre pas !

Non Monsieur, c'est la police judiciaire. Nous allons vous présenter notre carte dans l'œilleton.

— Z'avez intérêt parce que le coup des faux agents, on ne me le fait pas.

—Je suis le commissaire Laroche et le lieutenant Roullin est avec moi.

—Laroche, celui dont on parle dans le journal quand il y des crimes?

Sans attendre la réponse, ils entendirent la serrure s'ouvrir, présentèrent leurs deux cartes. L'occupant des lieux les invita à entrer.

Dans la nuit du 10 au 11? Ah oui. Je me souviens, il y a une voiture qui est restée moteur tournant dans la rue pendant dix bonnes minutes vers trois heures du matin.

—Vous êtes sûr pour la date?

—Ah ça oui. J'ai jamais pu me rendormir. Et comme le 11 au matin j'avais un rendez-vous à l'hôpital, j'étais pas en grande forme.

Par hasard, vous n'auriez pas soulevé votre rideau pour voir ce qui se passait dans la rue. Vous ne pouvez donner aucun renseignement sur la voiture?

—Non, vous savez, je n'ai pas osé lever mon volet roulant. On ne sait jamais. Ce que je peux vous dire, c'est que j'ai entendu plusieurs bruits de porte, deux personnes parler, mais je n'ai pas compris ce qu'ils ont dit. En revanche, ce dont je suis pratiquement sûr, c'est qu'il s'agissait d'un moteur à essence et d'assez grosse cylindrée car leur bruit est assez caractéristique.

— Et une fois la voiture partie ?

— Ben, je vous ai dit, j'ai essayé de me rendormir mais je n'ai pas pu. La rue a retrouvé son calme.

Un début de piste, estimèrent les deux policiers en sortant. Une voiture et au moins deux personnes.

— Qu'est-ce qu'on fait patron, on continue le porte-à-porte ?

— Bah on est là, on ne sait jamais.

Bien peu s'ouvrirent. L'appel à témoin glissé sous les portes permettrait peut-être d'en savoir plus.

— Laroche, ici le substitut Garnier. Vos prélèvements ADN ont été acheminés à Nantes par des motocyclistes de la gendarmerie. Nous devrions avoir les résultats demain après-midi.

— Et bien vous voyez, Monsieur le procureur, que quand on veut faire un petit effort, c'est possible !

Laroche avait l'ironie féroce. Mais il est vrai que ce traitement à plusieurs vitesses avait le don de l'énerver. Il décida de retourner seul chez Agnès Delannoy qu'il dérangea en plein travail. Il voulait vraiment en savoir plus sur leur mode de fonctionnement qu'il trouvait pour le moins « décalé » par rapport à l'idée qu'il se faisait du couple, dont il n'avait pas véritablement l'expérience.

—Madame, ce matin, nous avons ausculté sous toutes ses coutures, ou soudures si vous préférez, le véhicule de votre mari. Je dois vous dire que nous avons trouvé d'importantes traces de sang dans le coffre. Que des prélèvements de cheveux et fibres ont été opérés à l'intérieur pour des analyses ADN dont nous aurons les résultats demain.

Agnès Delannoy resta impassible à ces annonces auxquelles elle répondit.

—Des traces de sang? Rien de surprenant. Charles-Edmond est chasseur et nous ramène parfois de beaux gibiers de ses parties de chasse.

Laroche ne releva pas. Et poursuivit ses questions.

—Madame, je m'excuse par avance, mais il me faut vous interroger sur votre vie de couple. Je dois essayer de savoir si l'hypothèse d'un départ volontaire est possible. Ou si l'on trouve un indice qui nous indiquerait que Monsieur Delannoy pouvait craindre pour sa sécurité.

—Je comprends commissaire, mais je n'entends cependant pas vous dévoiler les éléments de notre intimité. Je n'ai rien de plus à vous dire que ce matin. Ah si, je ne pense pas vous avoir dit que nous faisions chambre commune et que sexuellement, c'est génial. Vous voilà rassurés?

Cela n'appela aucune remarque du commissaire Laroche qui prit congé. Et s'il était allé trop loin, uniquement pour le plaisir de revoir et parler avec cette femme qui lui avait tapé dans l'œil quelques heures plus tôt.

-Mais qu'est-ce que je suis con d'être revenu pour rien.

La « Mitterrandienne » n'avait pas les moyens de répondre.

– XII –

Fin octobre 1784

François Chargé n'avait pas oublié ses deux voyages précédents et avait tout observé. Il se rendrait donc à terre, irait se présenter au roi local. Qui poserait ses exigences en termes de marchandises. Son intérêt était de répondre à la demande, il le savait. Ensuite, il pourrait commencer la traite. La Reine de Guinée pouvait embarquer de quatre cent cinquante à cinq cents captifs, selon qu'il s'agissait d'adultes ou d'enfants.

En fait, rien ne se passa comme prévu. Le lendemain, en arrivant face à la côte, François Chargé ne put que constater la présence de quatre expéditions déjà sur place.

— Messieurs préparons-nous à débarquer.

Le faire ici s'annonçait compliqué, surtout quand la mer était grosse. Le capitaine fit installer ses deux lieutenants dans la chaloupe que conduiraient six hommes d'équipage. Le second resterait à bord. Une demi-heure plus tard, le bateau approchait de la terre. Le voyage devait se finir avec des pirogues locales. Impossible de franchir autrement la barre qui se présentait devant eux. Juste en face il y avait un fort. Comme il y en avait des dizaines sur cette côte. Celui-ci avait été construit par les Portugais mais était aujourd'hui occupé par les Hollandais. Un européen les attendait.

—Mes hommages Messieurs. Je suis Monsieur Dautrant, courtier de la place. Je ne vais pas vous dire que vous n'êtes pas les bienvenus car cela ne serait pas cordial. Mais vous êtes le cinquième bateau à venir traiter ici. Cela n'arrangera pas le commerce. Et sans doute pas le vôtre. Cette concurrence ne fait qu'augmenter les prix des nègres et rend la traite plus longue. Sachez Messieurs que l'un de vos concurrents ici présent n'en a embarqué que cinquante en un mois et demi. Maintenant, je ne sais quels sont vos objectifs. Je ne connais cependant pas une expédition qui, à l'heure des comptes finaux, n'ait regretté de s'être arrêté ici.

Le capitaine resta un instant muet avant de répondre au courtier.

—Je suis François Chargé, commandant de la Reine de Guinée et ce sont mes deux lieutenants. Je vous remercie de votre accueil, cher Monsieur Dautrant et je ne sais comment interpréter vos propos. Est-ce une invite à nous rendre plus loin? Ou craignez-vous que l'abondance de navires ne soit une gêne pour votre propre commerce?

—Monsieur, vos questions sont outrancières. Je n'ai pas le pouvoir de vous obliger à traiter ailleurs. Je voulais juste vous avertir qu'en d'autres endroits, vous auriez sans doute plus de chance. Là où la traite abonde et les prix sont avantageux. Mais la qualité n'est pas forcément au rendez-vous, et la sécurité n'y règne pas toujours. Les luttes entre ethnies y sont fréquentes. Et votre intérêt n'est pas que plusieurs d'entre-elles puissent se côtoyer sur le navire. Ici, je puis vous assurer que ce n'est pas le cas.

—Merci, Monsieur de votre réponse. Nous allons regagner notre bord et prendre une décision.

En son for intérieur Dautrant espérait que la Reine de Guinée reste. Il avait tout de suite compris que le capitaine en était à sa première expédition, ce qu'il n'osa lui faire remarquer, et qu'il pourrait en tirer profit.

—Je reste bien évidemment à votre disposition, Monsieur le capitaine Chargé.

Le courtier vit les pirogues s'éloigner et peu après les chaloupes quitter la rade.

– XIII –

Mercredi 23 juillet

Laroche fut une nouvelle fois réveillé par le chien des voisins. Des touristes qui séjournaient dans le gîte juste à côté. Les semaines passant, aucun des occupants n'avait grâce à ses yeux. Quand ça n'était pas les fumées du barbecue qui se rabattaient sur sa terrasse, c'était le bruit trop tard le soir, la voiture qui était garée sur le trottoir devant chez lui ou, là-encore ce matin, les aboiements du chien. Il maudissait le propriétaire qui louait sa maison pendant qu'il passait trois mois tranquilles au Maroc. Il disait détester la foule à La Rochelle l'été.

Le commissaire était planté devant son café. Il restait trois fichues tranches de pain de mie dans le placard, le beurre était ouvert depuis trois semaines et devenait rance. Seul le café en capsule ressemblait à quelque chose d'avalable. Même s'il avait été fait en longo, il n'avait pas réussi à le sortir d'une mauvaise nuit passée à mémoriser les moindres détails de ses deux enquêtes en cours. De ses deux dernières enquêtes vraisemblablement. Il appuya donc une deuxième fois sur la machine qui, dans un bruit d'enfer, laissa échapper le précieux nectar. Coup d'œil au téléphone : pas d'appel, pas de SMS, c'est toujours ça de pris.

Une surprise, un coup à le mettre vraiment de bonne humeur, l'attendait dans la rue. Une feuille glissée sous l'unique essuie-glace de la CX : « Monsieur, si vous devez un jour vous séparer de votre voiture de collection, je suis intéressé. Vous pouvez me contacter au… ».

— Collection, collection, il ne m'a pas regardé celui-là. Et moi, je ne suis pas de collection non plus. Tiens écoutes mon gars, si tu es à côté. Écoutes-moi ce moteur qui part au premier coup de démarreur.

Arrivé rue Léonce-Vieljeux, il n'avait toujours pas « avalé » sa voiture de collection. À tel point que Roullin, qui savait maintenant comment le gérer, dégaina tout de suite et s'époumona à la cantonade.

— Message urgent à tous, message urgent à tous. Le patron est de mauvaise humeur.

Sans dire bonjour à quiconque, Laroche fonça vers son bureau. Le jeune lieutenant dans ses pas.

— Vous avez reçu une deuxième lettre du ministère, patron ?

— Je me demande si je n'aurais pas préféré. Tu te rends compte, gamin, un gugusse m'a glissé un mot sur mon pare-brise pour me demander si je ne voulais pas me séparer de ma voiture de collection. De collection, t'entends bien.

Roullin partit dans un immense éclat de rire qui rameuta toutes les troupes dans le couloir. Et pendant ce temps, le commissaire ruminait en bougonnant. La journée s'annonçait chargée. Résultats ADN, témoignages aux Minimes. Il faudrait passer la cinquième. Le portable du commissaire vibra. C'était le commandant de la brigade de sûreté urbaine, la BSU, au commissariat central. Il était 8 h 30.

— Commissaire, vous devriez rappliquer vite fait à la cathédrale Saint-Louis. Y'a du grabuge. Et dites à Marie de vous accompagner, il y a du boulot pour elle. Et pas qu'un peu.

— Expliques-moi vite fait !

— Un corps retrouvé devant une des chapelles intérieures. Et pire encore. Cette personne est nue et… y'a plus de tête.

— Et y'a les couilles ?

Il y eut un grand blanc au téléphone !

— On arrive !

Il raccrocha et sonna le branle-bas de combat. En dix secondes, tout l'effectif de la police judiciaire présent ce matin-là était déjà dans l'escalier.

—Tout le monde à la cathédrale Saint-Louis, place de Verdun.

Six voitures foncèrent toutes sirènes hurlantes vers la gare centrale des transports urbains. Les hommes du commissariat avaient déjà mis en place un périmètre de sécurité. À cette heure de circulation importante, un bouchon s'était créé autour de la place et les agents de la compagnie des bus paraient au plus urgent pour assurer un bon fonctionnement. Le meilleur qui puisse être en tout cas, car les arrêts les plus proches de l'édifice religieux avaient été déplacés plus loin sur la place.

Philippe Renier, commandant de la BSU, sortit à cet instant de la cathédrale.

—Ah bonjour commissaire, je viens de faire figer la scène de crime en attendant l'arrivée de l'IJ. Je vous le dis tout de suite, grosse ressemblance avec le mort des Minimes… les couilles en plus.

—Et voilà qui n'est pas fait pour arranger les choses. Moi qui croisais les doigts depuis hier pour que la victime des Minimes soit Charles-Edmond Delannoy, ça fout toute ma théorie en l'air.

— Et vous le saurez quand ?

— Cet après-midi normalement.

Marie arriva avec ses deux valises. La cathédrale Saint-Louis présentait la particularité d'avoir une histoire un peu compliquée. Sa construction entreprise en 1742 ne fût achevée qu'en 1857. En plusieurs tranches, faute de financements suffisants. On put cependant la consacrer et l'ouvrir à la pratique religieuse en juin 1784. En plus de trente ans passés à La Rochelle, Laroche n'avait dû y entrer que trois ou quatre fois, et encore, pour des raisons strictement professionnelles. Pour le reste, ça n'était pas trop dans ses habitudes. On le dirigea vers la gauche de l'édifice. C'est devant la chapelle des Marins que cela se passait.

Rien n'avait bougé depuis que l'employé chargé de l'ouverture matinale avait fait la macabre découverte. L'homme était assis à quelques mètres des policiers. Prostré. Laroche entama la conversation.

— Racontez-moi ce qui s'est passé.

— Il était un peu plus de huit heures, je faisais mon inspection avant l'ouverture à neuf heures. Je vérifie tout. Je regarde si tous les éclairages fonctionnent. Je commence toujours par le fond de la cathédrale, puis je visite les chapelles du côté opposé. Je passe de ce côté-ci et vois devant la chapelle des Marins une masse informe juste devant la grille. À cette heure-ci, la lumière n'est encore pas trop intense. C'est en approchant que j'ai compris qu'il s'agissait d'un corps, et qu'il était nu. J'ai alors foncé au commissariat de police de l'autre côté de la place et ils sont venus tout de suite.

— Et hier soir, à la fermeture, vous avez fait aussi une inspection ? Vous n'avez rien remarqué ?

— Ah le soir, je fais un tour rapide après avoir fermé les portes, à dix-neuf heures. Et non hier soir, je n'ai remarqué. Tout était normal, y compris devant cette chapelle.

— Y avait-il des traces d'effraction sur les portes principales ?

—Je ne crois pas. Mais vos collègues sont passés comme moi par la porte de côté, là-bas, juste en face. Donc rien n'a bougé.

Marie était penchée sur ce deuxième cadavre. Elle confirma rapidement la première impression du commandant Renier. Mais il y avait là une différence de taille. Le corps gisait dans une mare de sang qui s'était écoulé sur les pierres. Et cela s'était étendu plusieurs mètres autour. Les autres techniciens de l'identité judiciaire procédèrent à des analyses et prélèvements tout autour, et bien évidemment sur les deux portes d'entrée de la cathédrale. Hélas, les traces y étaient trop nombreuses pour que l'on pût vraisemblablement en tirer quelque information sérieuse. Mais la chance pouvait être au rendez-vous.

Renier donna des instructions précises aux agents qui garderont l'édifice tant que le travail judiciaire l'imposera. La cathédrale n'étant qu'à quelques dizaines de mètres du palais de justice, le substitut du procureur Garnier fit cette fois le déplacement. Laroche le prit en main.

— Vous voyez, monsieur le substitut, que de points communs avec le corps que vous avez vu aux Minimes.

Le commissaire n'avait pas oublié que le proc' n'avait pas daigné s'y déplacer. Il lui rendit ainsi la monnaie de sa pièce.

— La différence, c'est qu'il baigne dans son sang, alors que là-bas pas du tout. On peut donc en déduire que les faits ont été commis ici. La blessure est aussi légèrement différente. Égorgement, mais pas aussi propre que le premier. Peut-être que le meurtrier, s'il est le même, a été plus pressé pour agir. Surtout que là, il n'a pas tout coupé… si vous voyez ce que je veux dire.

— Bon ça va commissaire. J'ai compris ce que vous me reprochez. J'attends votre première synthèse en début d'après-midi. Ah, au fait, vous avez avancé sur la disparition Delannoy. Le procureur est impatient.

— Ah ça, du nouveau, il y en a. Le couple ne fait pas chambre à part et sexuellement c'est génial. Dixit Agnès Delannoy. Pour le reste, les analyses ADN doivent arriver dans la journée. Grâce à votre effort budgétaire.

Vexé, le substitut tourna les talons et regagna ses pénates. Laroche venait de s'offrir le magistrat.

— Tu vois Renier, normalement ça ne se fait pas. Mais à un mois de mon départ je m'en fiche. C'est le bon côté des choses. Tu sais que même si on t'emmerde, tu ne mets pas ta carrière en péril en répondant.

Devant la cathédrale, la foule s'était massée. Vers 10 heures, nombreux étaient ceux qui se rendaient aux halles. Quelques touristes voulaient visiter l'édifice et il y avait les rares fidèles venus faire leur prière du matin. La nouvelle se répandit rapidement. Il y avait eu un meurtre à l'intérieur. On raconta même qu'il s'agissait de l'employé. D'autres optèrent pour le chanoine.

— Allez vient Roullin, on va se prendre un jus au Café de la Paix. Classé Monument historique, je te le rappelle.

— C'est quoi cette histoire que vous avez raconté au proc' tout à l'heure. « Sexuellement, c'est génial ». Ça m'a fait rire.

— J'ai rien inventé. C'est Madame Delannoy qui me l'a annoncé hier soir, droit dans les yeux, pensant me mettre mal à l'aise je pense. Raté.

Le garçon amena un espresso et un déca. Laroche estimait avoir sa dose de caféine pour la journée.

— Gamin, faut que je te parle d'un truc. Je sais, ça n'est sans doute pas le moment, mais ça me tracasse. Tu arrives de région parisienne où tu n'as passé que quelques rares années, cinq je crois. C'est quand même rare d'être muté aussi rapidement. Mais ce qui m'intrigue, c'est que les raisons ne sont pas mentionnées dans ton dossier. Pourtant je me dis, que si ça avait été pour des raisons disciplinaires, on ne t'aurait sans doute pas envoyé à La Rochelle, mais plutôt dans une ville un peu moins agréable. C'est quoi ton histoire ? Mais je ne t'oblige pas à me répondre.

—Je m'attendais à ce que vous me posiez la question un jour. Effectivement, ma hiérarchie a demandé que cet épisode ne figure pas dans mon dossier. Et je crois que tant qu'il y aura des gens un peu curieux on m'interrogera sur ce trou noir dans ma carrière. Voilà, je vais vous expliquer. En 2012, j'étais à Cergy. Au commissariat, j'étais le jeunot des stups. Un week-end j'ai arrêté un type qui avait environ le même âge que moi. En flag. Il avait 500 grammes de shit dans les poches et dix grammes de coke. Quelques condamnations à son casier, mais franchement pas de quoi affoler un juge. Week-end, ça veut dire qu'il n'y avait pas grand monde, en tout cas que la hiérarchie était absente. On l'a placé en garde à vue. Et c'est là que ça a commencé. Quand j'ai vu son avocat arriver, j'ai compris que ça n'était pas celui de permanence, mais quelqu'un bien en vue au barreau de Paris. Jeune flic, chien fou, je me suis dit: « t'as un beau poisson au bout de la ligne, pas question de le laisser partir ». Quelques heures plus tard, ça a tourné vinaigre. J'avais le ministère au bout du fil. Le cabinet me demandait de le relâcher. J'étais tombé sur le fils d'un ministre, dont je vous tairai le nom. J'ai fait savoir qu'on avait encore quelques questions à lui poser avant de le présenter à un juge. Ça n'a fait rire personne. Après, c'est allé très vite. La demande est devenue un ordre. Le lendemain, j'ai été convoqué par le commissaire divisionnaire qui m'a dit qu'après cinq ans de région parisienne j'avais peut-être envie de prendre l'air de la campagne. Je lui ai dit qu'à tout bien choisir, je préférais celui de la mer. Et voilà patron. Je ne dois ma présence ici qu'au fait d'avoir exécuté un ordre, d'avoir déchiré une procédure concernant un sale gosse de ministre. Alors vous comprenez bien que quand, comme hier encore, on nous dit qu'une enquête est prioritaire parce que l'ordre vient d'en haut, ça me fait doucement rire.

— Eh bien voilà le mystère Roullin élucidé. Allez, on a du boulot.

« C'était donc ça ! » Bon, ça n'était pas l'affaire du siècle, mais ce que venait de lui raconter le jeune lieutenant était révélateur de certaines mœurs politiques encore en vigueur.

En sortant du Café de la Paix, l'œil de Laroche fut capté par l'affichette de Sud-Ouest du jour : « Le patron du chantier Delannoy a-t-il disparu ? ».

— Et il ne manquait plus que ça !

- XIV -

Côte d'Afrique, fin octobre 1784

La Reine de Guinée était toujours stationnée au large. L'équipage profitait du soleil levant pour exécuter les tâches quotidiennes. La veille au soir, le capitaine François Chargé avait réuni son second et ses lieutenants pour reparler de leur descente à terre. Il avait eu ensuite toute la nuit pour prendre sa décision. Traite longue et plus onéreuse ici, mais de bonne qualité ; ou traite plus rapide et moins chère, mais moindre qualité de la « cargaison » de nègres.

Il n'en avait rien laissé transparaître hier, mais François savait que Monsieur Dautrant, le courtier, avait assez bonne réputation dans le monde très fermé de ce commerce. Et son nom n'était pas inconnu dans les ports de France. Sa décision était prise, on ferait la traite ici, même s'il fallait y rester quatre mois. On s'arrangerait pour gérer la nourriture et on mangerait du poisson pêché sur place. Seules les fèves destinées à la traversée vers les îles devraient faire l'objet d'une surveillance accrue.

Il descendit à terre, cette fois avec son second, tandis que l'équipage procédait à l'amarrage du navire pour une longue durée. Monsieur Dautrant n'était cette fois pas présent pour l'accueillir. En revanche, la nouvelle de l'arrivée de la Reine de Guinée s'était vite répandue et ils étaient nombreux à venir proposer leurs services. François Chargé n'eut pas trop de mal à retrouver le courtier à qui il demanderait de lui présenter le roi qui autoriserait les transactions.

—Je vous remercie d'avoir choisi de faire votre traite ici. En fait, je dois vous l'avouer, la situation n'est pas si difficile que je vous l'ai présentée hier. Sur les quatre bateaux déjà présents sur rade, deux sont en instance de départ, leur traite étant déjà presque terminée. Il vous faudra aussi vous faire aux coutumes du commerce local. Il vous faut créer un comptoir pour favoriser les échanges. Méfiez-vous des personnes qui contre une modeste quantité d'eau de vie vous proposent de commercer. Leur habitude est de faire banqueroute et vous ne les reverrez jamais à votre bord. Agissez toujours avec méfiance car ici, tous ne sont pas honnêtes mais les gens n'aiment pas non plus qu'on leur donne l'impression que l'on se méfie d'eux.

François Chargé avait écouté avec attention. Le courtier venait de lui donner quelques clés, énoncé les écueils à éviter. Mais il s'interrogeait. Et si cet intermédiaire parmi des dizaines d'autres était lui-aussi en train de l'embobiner pour avoir l'exclusivité de sa traite. Même si sa réputation était connue, n'était-il pas trop avenant. Le capitaine Chargé était face à lui-même pour organiser son expédition.

—Je vous remercie Monsieur de vos conseils précieux et je comprends l'intérêt que vous avez à commercer avec nous. Néanmoins, notre volonté étant de faire au plus vite, êtes-vous en mesure de nous assurer la fourniture de nègres en quantité suffisante?

—Je crains capitaine que vous n'ayez compris la façon dont fonctionne le commerce ici. Bien évidemment que pour remplir votre entrepont, vous pouvez avoir affaire à plusieurs de mes confrères. Mais cela n'empêche pas les bonnes relations que nous pouvons avoir. En fait, je dois vous l'avouer, si j'étais là pour vous accueillir hier, c'est parce que je m'attendais à voir votre prédécesseur. Avec lequel j'avais habitude de traiter exclusivement.

— Puis-je Monsieur Dautrant, pour sceller nos bonnes relations me permettre de vous offrir ces quelques bouteilles de vin, de bière et ces pièces de bœuf salé. Sans oublier ce tonnelet d'eau-de-vie de Cognac ?

Les deux hommes échangèrent une poignée de main. Un pacte.

Dautrant avait décroché le marché de la Reine de Guinée, il en était convaincu. Il allait devoir guider le jeune Chargé, en essayant d'en tirer grand bénéfice. Dès le lendemain, il l'aida à installer son comptoir de négoce et commença à acheter des captifs auprès d'autres courtiers. De sorte qu'ils n'arriveraient sur le bateau que de troisième main. La traite était officiellement commencée. Il lui fallait préparer les présents faits au roi, dont Dautrant établit la liste.

— François, permettez que je vous appelle ainsi, vous êtes si jeune, le présent que vous devez faire au roi est habituellement constitué de vingt-cinq pièces. Je vous propose qu'il soit composé de trois barils d'eau de vie à deux pièces chacun, d'un manteau à onze pièces et de quatre pagnes de soie à deux pièces chacun. Quant au droit de bienvenue, il vous en coûtera sept barils d'eau de vie à deux pièces et sept pagnes de soie à trois pièces, soit trente-cinq pièces. Le droit de coutume enfin s'élève à vingt-cinq pièces.

Le capitaine eut vite fait de compter que cela faisait quatre-vingt-cinq pièces en tout. Mais impossible d'y échapper.

—Je vous propose de nous retrouver ici demain matin pour aller faire les présentations. Nous aurons le temps pour négocier.

La chaloupe regagna le milieu de la rade. L'équipage passerait sa soirée à préparer la « commande ».

– XV –

Mercredi 23 juillet après-midi

Les couloirs de la PJ avaient en mémoire le tremblement de terre qui s'était produit en fin de matinée. Pierre Laroche était entré comme une furie, brandissant le journal du jour.

—Je vous préviens tous que si j'apprends que c'est un de vous qui a bavé, je le fais muter à la cave.

Tout le monde s'était planqué dans son bureau.

—Roullin, va me chercher une bouteille d'eau. Faut que je refroidisse là, faut que je refroidisse ! Et magne-toi. !

Le cahier central d'informations locales du quotidien était posé sur son bureau. Laroche n'en revenait pas. À pas feutrés, Roullin entra avec sa bouteille.

—Gazeuse, ça ne vous dérange pas? De toute façon, ici il n'y a rien d'autre.

—Écoute ça. « Charles-Edmond Delannoy, le patron du chantier naval de la Pallice n'a pas été revu depuis le 10 juillet». Je t'épargne les détails après. Et voilà la fin. «On ne peut s'empêcher de faire le rapprochement avec le mort des Minimes. La victime serait aussi âgée d'une quarantaine d'années».

En ce début d'après-midi, quelques heures après l'esclandre, Pierre Laroche avait retrouvé ses esprits et surtout son calme. Après avoir relu quatre fois l'article, il dut bien convenir que ces informations n'émanaient pas forcément des milieux policiers. Il prit son téléphone et se décida à appeler le fait-diversier du journal, qu'il connaissait bien.

— Bonjour, vous êtes sur la messagerie de Philippe Marquet. Je ne suis pas joignable actuellement. Merci de me laisser un message après le bip.

— Salut, c'est Laroche à la PJ. Est-ce que tu peux me rappeler. Le plus rapidement sera le mieux.

Philippe Marquet entretenait de bons rapports avec les flics, mais ça n'allait pas plus loin. À chacun son job. Pas de vrai copinage. Il n'avait pas de comptes à leur rendre.

Le «plus rapidement» que souhaitait Laroche se résuma à un quart d'heure. Son téléphone vibra.

— Bonjour commissaire, c'est Marquet. Je suis sûr que vous voulez me parler des deux morts à la tête coupée que vous avez sur les bras.

—Je t'en parlerai après, mais je te cause d'abord de ton papier de ce matin. Où est-ce que t'es allé pêcher tout ça? D'accord, Delannoy n'a pas donné signe de vie depuis le 10 juillet, mais c'est quoi cette histoire de rapprochement avec le macchabée des Minimes?

—C'est ce qui se dit commissaire. Et ne me dîtes pas que vous n'envisagez pas cette hypothèse tellement elle tombe sous le sens. Et puis, pour la disparition, vous savez, la bonne société rochelaise bruisse à n'en plus finir. Bon allez, commissaire, je vous lâche un truc. Les infos, elles ne viennent pas de chez vous, ça vous évitera de courir après vos gars. Point. Maintenant parlez-moi de la cathédrale.

—D'accord, mais tu ne fais pas dans le sordide. On a retrouvé le macchabée devant la chapelle des Marins, sans la tête, comme aux Minimes. C'est ce qui me fait mettre en doute le fait que le corps de la rue Lucile soit celui de Delannoy. Mais on n'a pas encore les résultats ADN.

—Et vous les aurez quand?

—Normalement dans 48 heures. Tu sais comment c'est, le labo est débordé. Maintenant, je préférerais que tu t'adresses au proc'.

C'est lui qui communiquera désormais. D'ailleurs, je ne t'ai jamais parlé. Comme d'habitude.

Quarante-huit heures. Ce sera toujours ça de gagné, les résultats devant arriver dans l'après-midi. Le téléphone vibra à nouveau.

— Substitut Garnier. Vous êtes enfin là ?

— Je ne comprends pas.

— Mais je tombe toujours sur votre messagerie et je n'aime pas m'adresser à une boite vocale. Bon ce matin j'ai oublié de vous parler du journal du jour. Ça ne vient pas de chez vous, j'espère ?

— Monsieur le substitut, si vous avez lu attentivement, vous remarquerez que ça peut venir de partout. De l'entreprise, de la famille, des discussions en ville et même du parquet.

— Vous savez bien que c'est classé Top secret. Je n'aime pas beaucoup votre dernière allusion.

— Ouais !!! Sauf qu'à ma connaissance, il y a eu avant-hier soir un cocktail pour le départ en retraite du directeur de la CCI, et qu'à ce qu'on m'a dit, il n'y avait pas que du jus de pomme dans les verres. À partir de là, toutes les hypothèses de fuite sont envisageables.

Les mots du substitut Garnier furent gênés.

— Bon dites donc commissaire. Je viens d'avoir le journaliste de Sud-Ouest. Il me demande quand je vais communiquer. Qu'est-ce que je dois lui répondre ?

— Posez plutôt la question à votre hiérarchie. C'est le job du parquet la communication. Maintenant vous savez ce que j'en pense. Plus vous direz la vérité, moins y'aura de conneries dans le journal. Je vous laisse Monsieur le substitut, on me demande en urgence.

L'urgence, c'était la machine à café. Marre. Laroche s'en fit couler un bien allongé. Non pas qu'il en ait vraiment besoin, mais ce procureur l'insupportait au plus haut point, avec son incapacité à prendre une décision et cette habitude de vouloir en permanence ouvrir le parapluie.

Marie, la technicienne de l'IJ, concentrée sur son ordi, achevait la rédaction de son rapport des événements du matin. Pierre Laroche s'approcha en silence.

— T'en fais une tête Marie !

— Si je la fais, c'est qu'au moins j'en ai une, commissaire. Ce qui n'est pas le cas de nos macchabées. D'ailleurs, il va peut-être falloir les retrouver ces deux têtes.

— Dès que tu as les résultats ADN, tu me préviens. Et il faut que tu appelles le parquet pour savoir à quelle vitesse on va analyser le mort de la cathédrale. Si ça continue, le labo va faire fortune rien qu'avec nous. Et l'autopsie, elle a lieu quand ?

— En ce moment, car le légiste part en vacances ce soir. On aura également son rapport dans la soirée.

À l'hôpital, le corps découvert dans la cathédrale était grand ouvert sur la table métallique. Le docteur Todd procédait méticuleusement. Son assistant prenait ses observations en note.

« *La victime est morte égorgée. L'examen des tissus montre que la décapitation est postérieure. Pas de lésions traumatiques ni de mobilité anormale du squelette. Poids 90 kg si l'on prend en compte une tête de 6 kg (chiffre médian). Corpulence : bien bâti. Âge approximatif, 45 à 50. Des analyses complémentaires devront le confirmer. Éléments de reconnaissance : grain de beauté sur l'épaule droite. Signes particuliers : forte imprégnation alcoolique, pas de traces de stupéfiants* »

Les résultats des tests ADN n'arrivèrent qu'à dix-sept heures. Marie transféra aussitôt à Laroche le courriel qu'elle venait de recevoir. Et vint le prévenir, car le commissaire n'était pas du genre à avoir le nez sur sa boîte. Deux consultations quotidiennes, et encore les jours fastes. Il avait toujours estimé que c'était bien pratique mais que rien ne valait la communication verbale. Que des gens travaillant à cinq mètres l'un de l'autre puisse ne correspondre que comme cela lui donnait de l'urticaire.

— Tu l'as lu je suppose.

— Non commissaire. C'est vous le directeur d'enquête. Je vous laisse ce privilège. Et puis, vous savez comme je suis. Quelle que soit la réponse, je l'aurai fait savoir vivement dans le couloir et du coup vous auriez été sans doute le dernier informé.

— Bon alors faisons lecture commune.

Laroche ouvrit la pièce jointe. Il ne comprenait rien aux données scientifiques des premières pages et alla donc directement à la conclusion du laboratoire.

« *Les traces de sang relevées dans la voiture présentent un ADN identique à celui d'une victime dont nous avons précédemment analysé les tissus. Ce même ADN est également présent sur des échantillons capillaires prélevés sur les sièges de la voiture. Toutefois, d'autres ADN ont été relevés à l'intérieur de ce même véhicule, notamment sur le volant et sur les sièges avant.* »

Marie attendait stoïquement, appuyée sur la fenêtre, que le commissaire finisse sa lecture. Celui-ci ne prononça pas un mot pendant quinze bonnes secondes. « C'est fichu » se dit Marie. Tout à coup Laroche sauta de sa chaise.

— BINGO !

Et cela avait été crié de telle façon que tout le service rappliqua dans l'encadrement de la porte. Roullin en tête.

— Quoi patron ? C'est… c'est Delannoy le mort des Minimes ?

— C'est Delannoy. Allez, les gars, les filles, on s'accroche. Il n'y a plus deux enquêtes mais seulement une. C'est toujours ça de pris.

— Vous feriez mieux de dire deux au lieu de trois. Et la cathédrale, qu'est-ce que vous en faîtes ?

— Et pour celui-là j'espère que quelqu'un va se manifester avant dix jours.

Comme convenu, le substitut Garnier fut aussitôt informé. Mais se posa la question de l'annonce faite à Agnès. La logique aurait voulu que le procureur, en tant que dirigeant du parquet, s'en occupe. Bizarrement, celui-ci était aux abonnés absents. Son adjoint prétexta ne pas connaître suffisamment Mme Delannoy pour s'en charger. Restait Laroche.

— Quand tu penses qu'au maire d'une petite commune on ne laisse pas le choix quand il s'agit d'annoncer à la famille le décès d'un gamin dans un accident…

Quelques minutes plus tard, la « Mitterrandienne » chauffait sur le parking. À la porte de la demeure des Delannoy, on ne répondit pas. Le commissaire avait voulu faire une visite impromptue. Sur son téléphone, il composa le numéro du cabinet d'avocats. Me Delannoy rentrait d'un rendez-vous, elle était sur le chemin de son domicile l'informa la secrétaire.

Une Mini beige tourna au coin de la rue. Le feu clignotant s'alluma, le lourd portail en bois s'ouvrit sans un bruit. Laroche prit la liberté d'entrer lui aussi. Agnès Delannoy paraissait enjouée. En rien troublée. Était-ce une posture ? Ou bien la disparition de son mari lui importait-elle peu ? Le commissaire s'étonna de ce comportement.

— Bonjour commissaire, quel bon vent vous amène ?

Agnès était vêtue d'une magnifique tenue estivale qui mettait parfaitement ses jambes en valeur. Son bustier laissait apparaître un léger décolleté. Belle ! Elle était tout simplement belle et naturelle.

— Madame, je crois que ça n'est pas un bon vent qui m'amène mais plutôt une mauvaise nouvelle.

— Ah Dieu, c'est Charles.

Ça n'était pas une question.

— Oui Madame. Nous venons de recevoir les résultats des prélèvements ADN de la voiture de M. Delannoy et ils correspondent à la victime qu'on a trouvée aux Minimes. Je suis sincèrement désolé d'avoir à vous faire cette annonce.

Agnès Delannoy n'eut que quelques secondes d'abattement et se ressaisit très rapidement.

— Cela veut donc dire que Charles a été égorgé ? C'est bien cela ?

— Oui madame. Et que c'est sa voiture qui a certainement servi à transporter le corps puisque des traces de son sang ont été retrouvées dans le coffre.

— Bien, je vous remercie commissaire. Il va me falloir prévenir ses parents. Pouvez-vous m'assurer qu'il n'y aura rien dans la presse demain. Vous avez lu cet article ce matin dans Sud-Ouest ?

— Je préférerai que vous fassiez part de cette requête aux services du procureur. Nous les avons informés. Maintenant c'est le parquet qui communique sur ce dossier. Ou pas.

Agnès Delannoy n'avait plus qu'une question à poser.

— Quand pourra-t-on nous restituer le corps ?

Laroche, peut-être dans un moment d'égarement, lui répondit que la police faisait son maximum pour retrouver la tête.

- XVI -

Côte d'Afrique, fin octobre 1784.

François Chargé a réuni ce matin-là tout l'équipage de la Reine de Guinée. Il fallait lui expliquer qu'on resterait ici au minimum trois mois pour procéder à la traite. Et que pendant cette durée, des règles très strictes seraient en vigueur, afin d'éviter tout conflit avec les « locaux ». Sur le pont arrière, seul le bruit du vent dans les gréements perturbait le discours du capitaine.

— Messieurs, je vous rappelle que vous représentez sa majesté le roi de France et je n'accepterai aucun écart à la discipline. À terre, votre comportement devra être exemplaire.

Trois chaloupes furent mises à la mer pour transporter les présents. Monsieur Dautrant conduisit la délégation de la Reine de Guinée auprès du roi. Elle était composée du capitaine, du second, des lieutenants, du chirurgien Barraud. Six hommes d'équipage étaient chargés de conduire chaque canot. Les matelots transportèrent les présents.

Le village était divisé en deux au pied du fort, lequel était distant de la côte d'à peine cent mètres. La partie ouest était occupée par les canotiers, piroguiers ou pêcheurs. Celle située à l'opposé abritait ceux qui n'avaient rien à voir à la mer, les travailleurs de la terre.

Monsieur Dautrant expliqua d'emblée que les rapports entre les deux étaient souvent faits de haine. À leur surprise, le roi parlait quelques mots de français, mais aussi, ils l'apprirent plus tard, de portugais et de hollandais. Le commerce n'était pas exclusif. Par l'entremise du courtier, on se mit d'accord sur les échanges à venir. Le navire avait besoin d'avitaillement. Le capitaine estimait à un bœuf et cent poules le besoin en viande pour les trois à quatre mois à venir. Pas question que l'équipage soit sous-nutrit. Il y avait aussi besoin d'eau et le village avait une source abondante. Et aussi de bois. Rapidement, on parla de la traite. Ici, un noir était vendu quarante-cinq pièces. Le capitaine comprit très vite en quoi le roi voulait être payé : essentiellement du matériel de guerre. Fusils, poudre, pierres à fusil. Il se montra très exigeant sur les conditions de leur livraison et leur transport du bateau à la terre. Les tissus, mouchoirs de Cholet, chaînes d'argent et autres n'avaient que moindre importance à ses yeux.

Ici aussi, la période était trouble et les conflits entre ethnies ou villages étaient fréquents. Quoiqu'en avait dit Monsieur Dautrant. Ce qui expliquait cet intérêt pour l'armement et cette exigence sur la qualité. Par le passé, certaines expéditions avaient ainsi vendu du matériel rouillé.

François Chargé fit présenter ce qui avait été amené. Les fusils étaient dans un bel état.

— Voilà majesté ce que nous sommes en mesure de vous proposer. Du matériel du plus bel effet tout droit sorti des manufactures royales.

- XVII -

Jeudi 24 juillet

L'été n'était pas au beau fixe et ce matin-là, un crachin qu'on aurait pu qualifier de breton s'abattait sur la ville. L'ambiance était plombée et les rues désertes. Les bistrots n'avaient pas sorti leurs terrasses et les bateaux qui assuraient les croisières vers Fort-Boyard restaient désespérément vides.

Le moral du commissaire Laroche était à l'avenant.

— Roullin, tu me convoques tout le monde à dix heures dans mon bureau. Et prenez le café avant parce que je ne veux pas y voir un gobelet. Tu dis à Marie qu'elle vienne avec les deux rapports d'autopsie complets. Renseignes-toi, est-ce que la cathédrale est rouverte ? Ce sera tout pour l'instant. Faut qu'on se bouge un peu le cul maintenant qu'on a identifié la victime des Minimes.

Le lieutenant s'exécuta. À dix heures, personne ne manquait à l'appel. Laroche entama son monologue.

—Bon voilà. Marie, tu vas me passer au fichier les ADN autres que celui de Delannoy qu'on a trouvés dans la voiture. Tout à l'heure tu vas nous faire un commentaire des rapports d'autopsie et nous dire s'il y a des points communs entre les deux corps. Ensuite, on va se répartir les tâches. Un binôme va retourner au chantier naval interroger le personnel. Je veux savoir si Delannoy avait des problèmes relationnels et s'il a reçu des menaces. Deux autres vont essayer de fouiller autour d'Agnès Delannoy. Je veux qu'on sache par son entourage si elle est affectée par la mort de son mari ou pas. Éventuellement fouiller dans son passé. Savoir si elle aussi a des inimitiés. Mais allez-y discrètement. Je ne veux pas qu'elle se sente épiée. Ensuite, il y a le macchabée de la cathédrale. Il faut qu'on vérifie si des disparitions ont été signalées. Élargissez : police, gendarmerie, au niveau régional et national s'il le faut. Allez au boulot ! Et prévenez vos femmes ou vos maris, pour ceux qui en ont, que vous ne serez pas de bonne heure à la maison ce soir.

Le chef avait parlé. Marie fit part de ses remarques sur les rapports d'autopsie. Souligna un mode opératoire quasi identique et la concordance des âges. Le reste, des détails, pourrait servir au fil de l'enquête. Laroche forma les binômes, gardant Roullin dans sa garde rapprochée.

— Ah, au fait, commissaire. La cathédrale a rouvert ses portes ce matin. La mairie a fait mettre en place une protection autour du lieu de la découverte pour figer la scène si on a encore besoin.

— Bien, justement, on va y retourner. Je veux comprendre comment au minimum deux personnes, dont une sans doute sous la contrainte, ont pu rentrer là-dedans.

Le téléphone du jeune lieutenant « bipa » à cet instant. Il devint pâle comme un linge.

— Patron, y'a une merde !

— Quoi encore ?

— Une alerte info de Sud-Ouest. Ils annoncent sur leur site que le corps des Minimes est bien celui de Delannoy.

— Mais qui te dit ça ?

— C'est une alerte, commissaire. Je suis abonné à leur appli et quand il y a une info importante, je suis prévenu tout de suite. Mais comme des milliers de gens en même temps.

Dans son silence, Pierre Laroche cherchait la parade. Qui avait pu lâcher ça. Il appela aussitôt Agnès Delannoy, tomba sur sa messagerie.

— Ici Laroche. L'info de la mort de votre mari est sur le site internet de Sud-Ouest. Rappelez-moi dès que vous pouvez.

Puis ce fut au tour du substitut Garnier d'encaisser les états d'âme du commissaire.

— Vous auriez pu me prévenir que vous aviez décidé de communiquer sur la mort de Delannoy.

— Vous vous égarez Laroche, je n'ai rien fait et comme la consigne émanait de Monsieur le procureur je suppose que lui aussi l'a respectée. Voyez plutôt du côté de la famille ou du chantier naval.

La stratégie de la patate chaude fonctionnait à merveille. Le téléphone sonna à nouveau.

— Agnès Delannoy. Je viens d'avoir votre message et j'ai reçu moi aussi l'alerte du journal. J'ai déjà une vingtaine de messages sur mon téléphone. Mais d'où ça sort commissaire ? Comment ont-ils su ?

— Vous savez Madame que les flics et les journalistes ont ceci en commun d'avoir parfois de bons indics. Ce sont parfois les mêmes d'ailleurs. Si je trouve où le tuyau a été percé, ça va déménager.

— Sauf qu'en fait le tuyau n'était pas percé, commissaire.

— Oui vous avez raison.

La conversation en resta là. Pas une seconde de tranquillité. Le téléphone se manifesta encore.

— Commissaire Laroche ? Ici Philippe Marquet à Sud-Ouest.

— Ah tu tombes bien toi ! T'es en train de mettre la ville en feu ce matin.

— Mais vous m'avez demandé de ne pas faire dans le sordide sur le mort de Saint-Louis. Je crois que c'est le cas, non ?

— Oui, là-dessus d'accord. Mais sur Delannoy !

—Justement, je vous appelle pour avoir la confirmation.

— Tu veux dire que tu y es allé au bluff? Tu te rends compte de ce que tu as fait ? Et maintenant tu me demandes de confirmer. Comme ça si je le fais, tu pourras dire que c'est moi qui bave. Alors écoutes Marquet. On a toujours eu de bonnes relations et ça n'est pas à un mois de la retraite que je vais me fâcher avec toi. Mais sur ce coup-là tu vois, c'est pas un parapluie mais un parasol que je vais ouvrir. Ma réponse est donc «Je ne suis pas habilité à parler sur ce sujet. Il faut voir directement avec Monsieur le procureur lui-même. Je te souhaite une bonne journée».

Le commissaire et le lieutenant prirent le chemin de la cathédrale. En voiture. Il pleuvait trop maintenant. Ils refirent le tour de l'édifice, en inspectèrent les ouvertures, tentèrent d'échafauder un plan, de comprendre. Roullin griffonna sur un cahier. Prit des dizaines de photos avec son portable.

— Voilà la police d'aujourd'hui, lui fit remarquer Laroche. Elle prend plein de photos, puis les regarde au bureau sur ordinateur. Ça ne remplacera jamais le coup d'œil, le premier, le vrai.

— Sauf que je vous fais remarquer, patron, que depuis que la photo existe, la police en prend. Aux Brigades du Tigre, il y avait aussi un photographe. Ce qui a changé, c'est leur traitement, quasi instantané aujourd'hui.

— C'est ça, et on verra comment elles survivent au temps tes photos numériques.

Le jeune lieutenant flasha un coup son supérieur dans la pénombre des lieux.

— Celle-là, elle va me suivre toute ma carrière.

— Ouais, c'est ça. Et n'oubliez pas d'en encadrer un exemplaire dans le couloir à la fin septembre.

Lorsqu'ils sortirent de la cathédrale, la pluie avait cessé et le soleil tentait une percée à travers les nuages. Laroche réussit à convaincre son « gamin » que, midi approchant, une pause s'avérerait salutaire. Au « Café de la Paix », le commissaire retrouva ses copains qui étaient déjà attablés, fonctionnant les uns au petit blanc de l'île de Ré, les autres à l'anisette marseillaise bien noyée. Son pote Jean l'accueillit comme il se devait.

—Ah, voici le commissaire Maigret de la police judiciaire.

Et s'adressant à Roullin.

—Lucas, t'as pas amené la bière et les sandwiches.

Tout cela dans l'hilarité générale. Jean reprit la conversation.

—Bon alors, superflic, t'as du chaud. Quand même, deux têtes coupées à dix jours d'intervalle. Dis-nous tout.

—Je crois que je vais vous décevoir. Vous savez bien que je n'ai pas le droit de vous en parler. Vous n'avez qu'à lire le journal. Ça n'est sans doute pas loin de la vérité.

—Tu veux dire que ce qu'on a vu sur internet tout à l'heure sur Delannoy, c'est vrai ?

—Jean, bon sang, tu connais suffisamment la maison pour savoir que je ne peux pas t'en dire plus.

Le serveur passa prendre la commande. Pour Laroche un petit blanc.

—Et toi gamin, exceptionnellement, parce que t'as bien bossé ces derniers jours, un petit blanc aussi. Sinon je ne veux pas te voir picoler pendant le service. Pour moi, le mal est fait.

La suite, ce fut le repas. Plat du jour : filet de volailles aux petits légumes braisés et quinoa, une bouteille de rosé local pour la table. On se sépara. Laroche avait apprécié ce moment de détente qui lui permit de décompresser.

À quelques centaines de mètres, les lieutenants Rémond et Machefer étaient planqués près du domicile des Delannoy pour en observer les allers et venues. Vers 14 h 30, la Mini sortit. Agnès Delannoy était accompagnée d'une autre femme. Conformément à la consigne, les deux policiers ne la prirent pas en filature. Bien leur en prit. Dix minutes plus tard, le portail s'ouvrit à nouveau. Sortit de la cour un véhicule utilitaire de location. Ils firent une photo du conducteur. Le passager ne serait sans doute pas identifiable.

— Commissaire, ici, Rémond. Un utilitaire de location vient de sortir de chez les Delannoy. Quelques minutes après madame. Qu'est-ce qu'on fait ?

— Donne-moi le loueur et l'immatriculation. On y va voir avec Roullin.

Le loueur est l'hypermarché de la route de Laleu. Le numéro, BZ-692-BE.

Dans la galerie commerciale de l'hyper, le comptoir dévolu à la location de voitures était assailli de clients. Les deux policiers présentèrent leur carte pour ne pas avoir à attendre. L'employée, une stagiaire d'été ne sachant que leur répondre, fit venir le directeur du magasin. Le responsable prit les choses en main.

— Oui, ce véhicule a bien été loué chez nous ce matin. Le retour est prévu demain soir. Le client a choisi un forfait 1.000 kilomètres. Le dossier est au nom de Vincent, le nom ; le prénom, Pierre. L'adresse déclarée est 17 rue de Normandie à La Rochelle.

Quelques minutes plus tard, Laroche et Roullin étaient sur place, à deux pas du Stade Rochelais. Il n'y avait aucun Pierre Vincent sur l'interphone. Ils vérifièrent également les trois autres entrées de l'immeuble. Rien. Laroche appela le bureau. Marie répondit.

— Tu peux me rendre un service, s'il te plaît. Cherche-moi si on a trace au fichier d'un certain Pierre Vincent, Vincent le nom. On n'est pas sûr de l'adresse, peut-être dans le secteur de la rue de Normandie.

—Je ne trouve rien commissaire. Au fichier national on a quelques Pierre Vincent, mais aucun sur La Rochelle.

— Merci Marie. Roullin on refonce dare-dare à l'hypermarché.

Le directeur fut dérangé pour la deuxième fois. Les policiers demandèrent à voir la personne qui avait reçu le client le matin et le dossier de location complet. La jeune stagiaire était toute paniquée à l'idée de se voir reprocher quelque chose.

—Je me souviens bien de ce monsieur. C'était le premier client de la journée. Il est venu chercher le véhicule dès l'ouverture du comptoir à huit heures. Plutôt élégant. Il était habillé d'un jean clair et d'un polo Lacoste mauve. Ça m'a marqué parce que j'ai offert le même à mon copain il y a quelques semaines.

Le commissaire ouvrit le dossier complet sous l'œil du directeur qui pourrait servir de témoin si besoin. Y figurait la photocopie du permis de conduire. Laroche rappela Marie.

— Cette fois, c'est pour un permis.

Il égrena la liste de neuf chiffres et lettres que Marie rentra dans le fichier national.

— Patron. Ce numéro nous emmène vers une femme domiciliée dans le Nord. À tous les coups c'est un faux. Regardez attentivement, la mention copie doit apparaître en surbrillance. Il y a une encre magique qui permet justement d'identifier les faux.

— Non, je ne vois rien. Bon merci Marie. À tout à l'heure.

Le directeur du magasin avait tout suivi. Il se doutait de ce qu'on allait lui annoncer.

— Vous voulez dire, commissaire que c'est un faux.

—Je vous le confirme. Ce numéro nous mène vers une autre identité.

—Que pour le camion… on risque de ne pas le revoir.

—De grandes chances en effet. Il faudrait être stupide pour ramener sur son lieu de location un véhicule qu'on a loué avec de faux papiers. Et la caution, elle a été payée comment?

—Une empreinte de carte bancaire. Mais la transaction a été validée.

—C'est peut-être ça qui va nous aider.

—Si par miracle, on vous ramenait ce fourgon, prévenez-moi immédiatement. Voici ma carte. Mon adjoint vous laisse aussi la sienne.

Après que l'employée eût fait les photocopies, Laroche embarqua le dossier. Sur le chemin du retour, il contacta le commissariat pour qu'on lance un avis de recherche de ce véhicule sur toute l'agglomération, demandant également au parquet que celui-ci soit élargi à la zone gendarmerie.

—On a des nouvelles de Rémond et Machefer?

—Non patron. Rien depuis tout à l'heure. Ils doivent toujours être devant le domicile des Delannoy.

—On va aller y jeter un œil.

Laroche stationna la «Mitterrandienne» dans une rue à proximité pour ne pas être repéré. Il proposa à ses deux lieutenants de les relever pendant deux heures afin qu'ils prennent une pause. Le commissaire et Roullin prirent place dans leur véhicule.

— Dis-donc « gamin », il y a une éternité que je ne suis pas monté dans une bagnole de service. Ça n'est pas reluisant. Elles sont dans un drôle d'état.

— Surtout celle-là. Elle affiche 270.000 km au compteur et on se fait retoquer à chaque fois qu'on veut la changer. On nous dit qu'elle est parfaitement entretenue. Tu parles, oui. On ne va quand même provoquer une course-poursuite et la mettre dans un mur !

Le jeune lieutenant avait à peine terminé sa phrase que la radio crépita. Le véhicule utilitaire venait d'être repéré près d'un hangar dans la zone portuaire de La Pallice. Au même moment, Laroche vit la Mini dans son rétroviseur. Agnès Delannoy rentrait chez elle, seule. Elle n'avait pas vu les deux policiers en planque.

— Qu'est-ce qu'on fait patron ?

— Rappelle Rémond et Machefer et on va à La Pallice.

Leur pause n'avait duré qu'une heure. Dans la zone portuaire, Laroche et Roullin rejoignirent une patrouille de la BAC, celle qui avait repéré l'utilitaire. Les trois gardiens qui la composaient rendirent compte au commissaire.

— On l'a croisée au rond-point de l'avenue Denfert-Rochereau. Ensuite, ils ont pris la rue Hautier pour venir jusque-là. Ils ne devaient pas connaître le secteur, car l'itinéraire le plus court c'était de passer par la rue de Saintonge. Il y avait deux hommes à bord. Ils roulaient tranquilles. On a pu les suivre discrètement jusqu'à ce hangar. Là ils se sont arrêtés et sont entrés dans le bâtiment.

— Avez-vous remarqué d'autres voitures ?

— Non, commissaire. Pas âme qui vive autour.

– XVIII –

Côte de Guinée, novembre 1784.

François Chargé avait établi son quartier à terre afin de réaliser la traite. Monsieur Dautrant avait mis à sa disposition une habitation et du personnel local qui assurait les tâches domestiques. Ses lieutenants s'occupaient du navire au large. Chaque jour, une chaloupe assurait une navette, descendant marchandises à terre et emportant la traite du jour. Bien maigre parfois et se limitant à deux ou trois nègres. Le capitaine visitait les villages aux alentours. Et recevait. Un matin, ce fut un groupe d'autochtones venus essayer de vendre un bœuf. Peu sûr de lui, Chargé fit placer deux sentinelles épée à la main. Bien que les armes ne soient sorties de leurs fourreaux, les vendeurs prirent peur et la poudre d'escampette. Le nouveau capitaine avait appris des anciens à toujours de méfier des propositions, souvent malhonnêtes, des courtiers, au nombre desquels

Monsieur Dautrant, dont la présence lui pesait de plus en plus. À tel point qu'il décida de quitter l'habitation mise à disposition. Quant au personnel, il en ferait son affaire.

Fort diplomate, il n'en gardait pas moins de bonnes relations avec ce dernier. Qui y avait intérêt. Le prix des nègres ici était de sept onces d'or et quatorze onces en marchandises pour les hommes de cinq pieds six pouces et de onze onces en marchandises pour les jeunes et belles femmes. Onze onces pour les hommes de taille ordinaire et huit à neuf onces pour les femmes.

Un matin, le chirurgien Barraud débarqua avec la navette. Il était accompagné d'Antoine, le novice.

— Capitaine, sa surveillance mobilise nos hommes qui ont bien d'autres tâches à accomplir. Je me suis dit qu'ici, on pouvait le laisser vaquer. Et s'il s'égare…

— … On ne fera rien pour le chercher. Je le comprends comme cela.

On affecta à Antoine une case non loin de la demeure de François Chargé. Le novice serait occupé à quelques tâches d'entretien. Il serait ici plus à son aise.

– XIX –

Vendredi 25 juillet

D'ordinaire, dans le quartier où habite Laroche, le porteur de journaux ne fait pas de bruit. Aussi, ce vacarme à cinq heures du matin ne lui parût-il pas normal. Le bruit était du genre moteur de cyclo débridé. Suffisamment fort en tout cas pour le réveiller. Un coup d'œil rapide par la fenêtre et assez de lumière dans la rue pour voir deux personnes s'enfuir sur le même engin.

Pourtant, à cette heure, il était loin d'imaginer qu'on s'en était pris à la « Mitterrandienne » stationnée devant chez lui. C'est en partant vers huit heures qu'il allait découvrir l'inimaginable. À côté, le petit mot lui demandant s'il vendait sa voiture « de collection » était de la fadaise. Ce matin, on avait lacéré les deux pneus avant de la vénérable automobile. On avait laissé aucune chance au caoutchouc : au moins cinq coups de couteau par roue. L'œuvre de connaisseurs, forcément.

Dépité, Laroche appela son «second» à la rescousse.

— Gamin, viens me chercher à la maison. Et appelle le véhicule de la fourrière qu'ils viennent me tirer de là.

— Quoi patron, vous avez eu un accident? Ne me dites pas que c'est pour une épave.

— Non heureusement, mais les deux roues avant lacérées. Tu diras aussi à Marie qu'elle fasse des relevés. Je veux que ces deux petits salopards apprennent qu'ils ont à faire au commissaire Laroche de la police judiciaire.

— Sans doute un hasard commissaire. Des petites frappes qui passaient par là.

— Non Roullin, j'y crois pas!

Un quart d'heure plus tard, le lieutenant arrivait sur les lieux suivi du camion-plateau.

— Ah oui, ils ne vous ont pas loupé.

Laroche suivit lui-même les opérations d'évacuation de la voiture. Les agents ont dû le prendre pour un gentil emmerdeur.

— Bon sinon, lieutenant, quoi de neuf ce matin?

— Je vous conseille la lecture de Sud-Ouest, commissaire. Ils font deux pages sur la mort de Delannoy. Et surtout, il y a une interview de Madame. Ça devrait beaucoup vous plaire.

— La planque devant l'entrepôt de La Pallice?

À ce moment un SMS arriva sur le téléphone de Roullin.

«Si t'es avec le patron, dis-lui que la Mini de l'avocate vient de se pointer».

—Vous vouliez des nouvelles de La Pallice, vous en avez, on dirait.

—Répond-lui qu'on arrive.

Le duo rejoignit illico le binôme sur place. De fait, la voiture beige était stationnée juste devant. Le grand portail métallique était entrouvert. À une centaine de mètres, les quatre policiers observèrent la situation. Agnès Delannoy sortit accompagnée de deux hommes. Il était impossible d'apercevoir ce que renfermait le bâtiment.

—Fais-moi une photo de ce petit monde avec ton téléphone, gamin. On comparera avec celles qu'ont fait Rémond et Machefer à la sortie de la maison des Delannoy hier.

Entre les deux hommes et Agnès Delannoy, le ton semblait monter. Bien que les policiers ne puissent entendre ce qu'ils avaient à se dire, la gestuelle suffisait pour comprendre que tout n'allait pas pour le mieux dans le meilleur des mondes. Agnès monta dans sa voiture. La porte claqua. Elle démarra dans un nuage de poussière. Laroche demanda à son binôme de la filocher. Ils n'étaient pas connus d'elle.

—Et tenez-moi au courant de tout ce qu'elle fait par SMS sur le téléphone de Roullin.

Il arracha l'appareil de la main du lieutenant. Le téléphone du commissaire sonna. La fourrière avait conduit la « Mitterrandienne » au garage Citroën le plus proche. Et les nouvelles n'étaient pas bonnes. En montant la voiture sur le pont afin de démonter les roues, le garagiste avait détecté une fuite importante sur le circuit hydraulique. Pourtant, aucun symptôme de ce type de panne n'avait été détecté auparavant. La suspension se mettait en position normale au démarrage et le témoin de sécurité ne s'allumait pas au tableau de bord. Bien qu'il la bichonne comme son enfant, l'urgence n'était pas à se rendre au chevet de la vénérable CX. Le garagiste se vit gratifier d'une manière laconique d'un «Je passerai tout à l'heure»

La Mini slalomait dans les rues de La Rochelle, prenant des risques parfois inconsidérés et mettant en jeu la sécurité des autres automobilistes. Dans la poursuite, le binôme fût à deux reprises tenté de lâcher prise. Surtout qu'adopter la même conduite qu'Agnès Delannoy les aurait sans doute fait repérer. Très vite ils arrivèrent à son domicile. La voiture s'engouffra dans la cour. Les deux policiers passèrent devant doucement, ayant le temps d'apercevoir avant que le portail se referme qu'il n'y avait personne d'autre.

De retour rue Léonce-Vieljeux, Laroche fit appeler Rémond et Machefer afin que l'on compare les photos. Pas de doute possible, l'un des deux hommes du hangar était bien celui qui était au volant de l'utilitaire au moment de sa sortie du domicile des Delannoy.

— Vous deux, s'adressant à Rémond et Machefer, vous allez me faire un petit tour du hangar. En aucun cas, vous n'entrez, même si une porte est ouverte. Je ne veux pas d'incident de procédure. Roullin, tu viens avec moi chez la veuve, mais avant, il faut que j'informe le proc'.

L'entretien avec le substitut Garnier fut rapide. Laroche lui transmit les informations, demandant que la justice le couvre dans le cadre de ses investigations. La réponse ne le surprit qu'à moitié.

— J'espère que vous êtes sûr de vous Laroche, car Madame Delannoy est quelqu'un de très influent.

Influente ou pas, bonne société ou pas, le commissaire n'avait pas l'intention de se laisser mener en bateau par ce réseau de bonnes adresses. Dix minutes plus tard, il sonnait à l'interphone. L'accueil que lui réserva Agnès fut semblable à celui de la veille. Madame avait de larges lunettes de soleil sur le nez. Roullin restait en retrait.

— Messieurs, au plaisir de vous voir. J'ai tellement d'affaires à régler que je n'ai pas beaucoup de temps à vous consacrer.

— Pourtant, Madame, je crains que quelques minutes ne suffisent pas.

Agnès Delannoy les fit quand même entrer dans un salon du rez-de-chaussée.

— Nous aimerions vous poser quelques questions à propos de la présence d'un véhicule utilitaire à votre domicile hier après-midi.

— Pour quel motif, Messieurs ?

— Parce que ce véhicule a été loué dans un hypermarché de La Rochelle avec un permis de conduire falsifié et qu'une plainte a été déposée.

Laroche avait choisi d'y aller au bluff mais savait aussi qu'il avait face à lui une avocate, même si ce genre d'affaire n'était pas sa spécialité.

—Je ne sais pas à vrai dire. Oui effectivement, j'ai fait appel à une société pour le déménagement de quelques meubles hier. Mais je ne pouvais savoir que…

— Vous connaissez les hommes qui sont intervenus ?

— Non pas du tout. Et c'est le dernier de mes soucis.

— Vous confirmez ne pas les connaître ? Au moins le conducteur ?

—Je vous le redis.

Quand Laroche lui mit sous les yeux les photos faites le matin même à La Pallice, Agnès Delannoy resta sans voix. Sa réponse fut celle de la juriste.

— Votre intervention ne me semble pas très légale, je vais dans l'instant en informer Monsieur le procureur.

— Vous préférez peut-être payer des contraventions pour toutes les infractions relevées contre vous tout à l'heure lors de votre épique traversée de la ville ?

Laroche ne jugea pas utile de la saluer en sortant. Roullin lui emboîta le pas. Moins d'un quart d'heure plus tard, il recevait un SMS du bureau : « Le procureur Évron vous attend dans son bureau ». À La Pallice, Rémond et Machefer avaient fait le tour du hangar avec la précaution qui leur était demandée. Par un trou dans la tôle ils aperçurent le camion à l'intérieur. Mais il n'y avait pas trace de vie. Le bâtiment semblait vide. Au fond, ils remarquèrent cependant la présence d'un conteneur. Ils en informèrent aussitôt leur supérieur.

Au palais de justice, Laroche attendait que le procureur lui sorte le grand jeu des personnalités locales qu'il fallait ménager. Aussi fût-il surpris de sa bienveillance.

— Le substitut Garnier m'a parlé de ce dont vous l'avez informé ce matin. Et comme vous

vous en doutez, Agnès Delannoy vient de m'appeler pour me demander d'intervenir. Je ne vais pas y aller par quatre chemins, commissaire. Je n'aime pas ce genre d'intervention. Aussi, si votre enquête est étayée et que vous m'amenez des éléments probants, vous aurez mon soutien.

— D'autant Monsieur le procureur que je viens d'ajouter deux éléments au dossier. Qu'Agnès Delannoy nie connaître le conducteur du véhicule, malgré les photographies d'elle en sa compagnie que nous lui avons montré. Et que deux de mes lieutenants qui viennent de jeter un œil dans le hangar de La Pallice y ont vu le camion et un conteneur de bateau.

Laroche sortit du bureau avec le moral au beau fixe. Cela ne dura pas longtemps. Une visite au garage Citroën le ramena à une dure réalité. En y regardant de plus près, le garagiste constata qu'une durit du circuit hydraulique avait été sciemment coupée. Ce qui explique qu'il n'y avait pas eu de symptôme de panne. Il s'agissait donc bien d'un acte volontaire, ses deux roues et ce bout de tuyau avaient été sciemment endommagés. Le commissaire signa l'ordre de réparation. La voiture sera prête dans trois jours : « C'est que votre voiture est vieille et qu'à cette heure je ne sais pas où je vais trouver la pièce » lui avait expliqué le mécano. Laroche lui donna les coordonnées d'une association de collectionneurs qui pourrait peut-être l'aider. Il venait de comprendre que sa «Mitterrandienne» n'était pas loin de rejoindre les rangs des «belles d'antan».

Il était à peine rentré au bureau en cet après-midi de vendredi que la machine se remit en marche. Comme si l'alarme incendie avait sonné, tout le monde déboula au parking. Les voitures le quittèrent utilisant le deux-tons strident. Deux motards de la police urbaine qui passaient par hasard par-là escortèrent le convoi après s'être enquis de la destination. Tout ce petit monde allait à la pointe de Chef de Baie. Laroche y fut accueilli par Philippe Renier, le commandant de la brigade de sûreté urbaine.

—On ne se quitte décidément plus, lui lança Laroche.

—Et même pas pour le meilleur, mais pour le pire, lui rétorqua le policier du commissariat central.

—Bon allez, dis-moi tout.

—On vient de trouver les deux éléments manquants de votre puzzle, commissaire. Là, dans une poubelle du parking.

—Comme ça, en plein après-midi?

—Oui, et les sacs ont été changés ce matin par les services de la propreté. Ce qui veut qu'on les y a déposés depuis 7 heures.

Dans cette conversation, pas un des deux n'avait utilisé le mot « tête ». Comme par superstition. Car c'était bien de cela dont il s'agissait. On venait de retrouver deux têtes, dont l'une était celle de Charles-Edmond Delannoy. Sans aucun doute possible, bien que la mort remonte à une quinzaine. Elle avait donc été soigneusement conservée, au froid vraisemblablement. L'autre devait être celle du corps découvert à la cathédrale. En cet après-midi de juillet, la plage de Chef-de-Baie située tout à côté se vida en quelques minutes et les policiers et CRS appelés en renfort eurent bien du mal à canaliser cette foule. Marie et ses techniciens prirent possession des lieux pour les relevés techniques. Une heure plus tard, les deux têtes furent placées dans une glacière afin d'être amenées à l'institut médico-légal.

Aussitôt informé, le procureur Évron, qui avait repris l'enquête en main, exprima sa satisfaction.

Dans un coin du parking, en toute discrétion, Philippe Marquet, le journaliste de Sud-Ouest, n'avait rien manqué de tout ce chambardement.

– XX –

Côte de Guinée, décembre 1784

François Chargé devait, depuis plusieurs semaines, aller se présenter au commandant du fort. Une façon d'acheter sa sécurité et celle de ses hommes. La semaine précédente, il fut réveillé par un bruit assourdissant à deux pas de chez lui. Une nouvelle passe d'armes entre piroguiers et laboureurs avait ensanglanté le village. Les seconds avaient pris le dessus, faisant six tués chez les premiers. Le fort avait dû user du canon pour les séparer. Le capitaine comprit alors tout l'intérêt qu'avaient les Hollandais à laisser éclater de tels conflits. Cette guerre civile leur permettait de vendre de la poudre en grande quantité, des fusils, mais aussi de l'eau de vie et autres marchandises.

François, à son entrée dans le fort, fut accueilli par un caporal. À ses côtés deux hommes mulâtres et deux plus petits d'environ douze à quatorze ans, revêtus d'un uniforme bleu aux parements rouges. Le commandant était absent pour quelques jours. Le temps d'être reçu par son second, le capitaine de la Reine de Guinée eut le temps de faire le tour de ce bâtiment datant de plus de cent ans, ainsi que le mentionnait une plaque en cuivre. Il était construit d'une sorte de terre de pays transformée en mortier très dur, comme de la pierre, recouvert de chaux afin de laisser croire qu'il s'agissait de pierre de taille.

François Chargé y fut convié à dîner. Un repas simple, à base de poisson, qu'on trouvait ici à profusion puisqu'un règlement local prévoyait que les nègres donnent aux occupants du fort le dixième de leurs produits, récolte ou pêche.

De retour vers son habitation, François Chargé fit un détour par le port. Les pirogues y étaient bien rangées. De retour de pêche, elles y avaient été mises au sec et suspendues sur des pieux. Monsieur Dautrant le rejoignit.

— Alors capitaine, satisfait de votre visite ?

— Pas entièrement si l'on considère que le commandant était absent et que j'ai eu à faire à son adjoint.

Aux propos tenus par le courtier, François Chargé comprit qu'il avait sous-estimé le rôle de celui-ci. Monsieur Dautrant semblait à lui seul gouverner ce pays, le roi ayant été disgracié par son peuple. Ce peuple dont le quotidien se nourrissait de querelles. Ce qui avait un effet néfaste sur le commerce, empêchant les courtiers d'aller chercher des captifs sur les marchés.

Dautrant lut de l'étonnement dans le regard de son interlocuteur.

— Il fallait reprendre les choses en main, vous comprenez Monsieur Chargé. C'était cela ou la révolution. Nous nous devions de contenter tous les capitaines. Regardez en fond de rade, ce navire portugais va emmener cinq cents nègres. Il doit partir demain.

- XXI -

Samedi 26 juillet

Toute l'équipe de la police judiciaire avait compris vendredi après-midi, que, comme on dit dans le langage militaire, la permission du week-end était supprimée. Dans son pavillon de Lagord, Pierre Laroche était prostré devant sa tasse de café. Il avait identifié un point positif. La deuxième tête retrouvée, on pourrait peut-être découvrir plus facilement à qui elle appartenait. À l'autre bout de la ville, dans son appartement de l'avenue Michel-Crespeau, le lieutenant Roullin en était arrivé à la même conclusion.

Laroche s'installa dans la vieille 306 Peugeot que ses collègues du commissariat central lui avaient prêté en attendant que la « Mitterrandienne » soit réparée. L'état de la voiture ne témoignait pas de la violence du choc, comme on le lit souvent dans les journaux, mais bel et bien de celui du budget de la police. 280.000 kilomètres au compteur, des suspensions et des sièges défoncés, un vrai tape-cul tout juste bon pour des déplacements en ville et à condition qu'on ne l'engage pas dans une course-poursuite. Le commissaire avait un rituel le samedi matin : acheter son journal. Il n'y dérogea donc pas. À peine avait-il franchi la porte du magasin que le commerçant l'alpagua. Heureusement, ils étaient seuls.

— Dîtes-donc, M'sieur Laroche, vous en parlez d'une affaire. On a retrouvé la tête de Delannoy ?

La pile de Sud-Ouest placée à côté de la caisse était deux fois plus haute qu'habituellement.

— Vous vous rendez compte, il est à peine neuf heures et j'en ai déjà vendu près de cinquante.

Laroche acheta le sien et ne fit aucun commentaire.

— Tenez, ça fera un de plus et vous mettrez une boite de Tic-Tac à la menthe avec.

Sur cinq colonnes, le titre du quotidien local faisait mouche :

[La fin du mystère des deux têtes perdues]

Au-dessous, une photo des policiers prise la veille à Chef-de-Baie. On les voyait regarder dans le sac poubelle. Le commissaire apprécia que le journal ait pris le soin de flouter les visages. La une renvoyait vers le cahier d'informations locales, dans lequel le traitement de cette affaire occupait deux pages. Laroche n'en fut pas étonné. Il faut dire que cela avait été fait tellement discrètement que les journalistes ne pouvaient qu'en être informés. Il resta un bon moment à lire le journal avant de rejoindre le bureau. L'article décrivait avec beaucoup de détails la scène. Pas de doute, Marquet était présent vendredi après-midi à proximité du parking. Il ne l'avait pourtant pas vu.

Dans les locaux de la police judiciaire, rue Léonce-Vieljeux, il y avait un journal sur chaque bureau. À son arrivée, Laroche trouva tout le monde penché dans la lecture. Il traversa le couloir, signalant sa présence en quelques mots: «Je suis arrivé, quand vous en aurez terminé, vous passerez me voir».

Deux minutes plus tard, l'équipe au grand complet était dans son bureau. Le chef allait donner le programme de travail de la journée.

—Bon, on a deux enquêtes en parallèle et peut-être imbriquées. Rémond et Machefer, je vous laisse avec Agnès Delannoy. On va lui mettre un peu la pression, d'autant qu'elle sait que la tête de son mari a été retrouvée. Je veux savoir ce qu'elle trafique avec les deux mecs à l'utilitaire. Et vous appelez du renfort si besoin. Les collègues de la BSU nous ont dit qu'on pouvait compter sur eux en cas de besoin. Les autres, il faut qu'on identifie rapidement la deuxième tête. Vous prenez la photo avec vous et vous actionnez vos contacts. Marie, as-tu identifié les autres empreintes génétiques relevées dans la voiture de Delannoy ?

Aucune ne correspondait avec celles inscrites au fichier. Le commissaire poursuivit :

— Roullin et moi on va faire tour de contrôle. Toutes les informations doivent converger vers nous. C'est bien compris ? Allez au boulot !

Tout le monde acquiesça.

En ce milieu de matinée, le quartier des halles grouillait de monde. Les marchés d'été étaient toujours un événement. Dès le milieu de matinée, les terrasses des bistrots étaient déjà bondées. On y servait les derniers cafés pour les uns, les premiers petits blancs ou rosés pour les autres. Sur le parvis, les marchands de fruits et légumes rivalisaient d'ingéniosité pour se faire entendre au mieux. Bien que ce ne fut pas vraiment le moment, plusieurs policiers firent le tour des échoppes et bancs sous et aux alentours des halles, montrant la photo de la deuxième tête.

Au « Blanc de Ré », Francis le patron, s'arrêta sur l'image.

— Oui, je le connais ce gars-là. Il est venu parfois. Mais je ne connais pas son nom. Ah je me souviens ! Il était généralement accompagné d'une femme. Ce qu'on appellerait un beau brin de nana. Allez peut-être voir le caviste au coin. Il me semble l'avoir vu plusieurs fois avec des sacs venant de son magasin.

À quelques dizaines de mètres, le caviste de « Vino Veritas » accueillit les policiers entre deux clients. La boutique ne désemplissait pas.

— C'est pas vraiment le moment. Faites voir quand même, vite fait.

À la vue de la photo, le visage du caviste blêmit. Il entraîna les enquêteurs à l'arrière de la boutique, laissant la vendeuse s'occuper de la clientèle.

— Pour sûr que je le reconnais. Jean-Philippe Guinaudeau. Un gros client. Il habite à Paris mais vient à La Rochelle tous les week-ends. Je l'ai vu il y a quelques jours encore. Il m'a dit qu'il passait l'essentiel du mois ici. Quand je dis gros client, c'est que chaque mois, il m'en achète pour trois cents ou quatre cents euros.

— Vous savez où il habite ?

— Oui, bien sûr. On le livre à chaque commande. Rue Réaumur.

Sitôt sortis du magasin, les deux policiers appelèrent le commissaire Laroche.

— Ça y est patron, on le tient.

Cinq minutes plus tard, les enquêteurs convergèrent vers la maison de la rue Réaumur, ancienne rue Porte-Neuve. Comme nombre d'habitations de maître de La Rochelle, la propriété était cernée par un mur. En regardant par ce qui fut la boite aux lettres, le lieutenant Roullin aperçut la cour intérieure. Vide. Les volets étaient ouverts. Il sonna, plusieurs fois. Aucune réponse. Le portail était lui-aussi fermé à clé.

Le procureur fut immédiatement avisé, les policiers ayant besoin d'une autorisation pour faire intervenir un serrurier. L'homme de l'art arriva sur les lieux quinze minutes plus tard. L'intervention fut inutile, le tout étant bloqué par les deux bras d'un portail électrique. On appela donc les pompiers qui grâce à une échelle purent faire rentrer les policiers à l'intérieur. Cette fois, le serrurier put ouvrir la porte de la maison. Une puissante alarme retentit. Trois minutes plus tard, un téléphone posé sur un guéridon dans l'entrée sonna. L'appel entrant émanait de « Sécure1 ». Utilisant un mouchoir en papier, le commissaire Laroche décrocha.

— Monsieur Guinaudeau ? Ici la société de surveillance, une alarme intrusion vient de se déclencher à votre domicile. Puis-je avoir votre mot de passe ?

Laroche se présenta. À l'autre bout, l'opérateur en resta bouche bée.

—J'aurai besoin d'un rapport sur les derniers incidents liés à l'alarme.

—C'est que, je ne suis pas autorisé à vous donner ces informations par téléphone. Il faudrait que vous utilisiez la procédure officielle. Vous aurez la réponse en quelques secondes.

—Très bien, on le fera rapidement. Dans l'immédiat, arrêtez-moi cette fichue alarme qui nous matraque les oreilles.

Cinq secondes plus tard, la maison avait retrouvé son calme. L'alarme, les pompiers, les voitures de police : il n'en fallut pas plus pour que nombre de voisins se retrouvent dans la rue pour savoir ce qui se passait.

Les policiers entreprirent la fouille des pièces. Un grand escalier dominait l'entrée. Tout semblait à peu près en ordre. Sur la droite cependant, une pièce, dont on imagine qu'elle servait de bureau était moins rangée. De nombreux papiers jonchaient le sol. Les portes de la bibliothèque étaient grand ouvertes. Pouvait-on cependant dire qu'elle avait subi une fouille complète ? Disons que quelqu'un fâché avec l'ordre et le rangement n'y aurait sans doute trouvé rien à redire.

De son téléphone, Roullin remplit la demande de renseignements pour la société de sécurité. Dix minutes plus tard, la réponse arriva. Un seul incident signalé dans les dernières heures. « Mercredi 23 juillet 2014 à 3 h 30, déclenchement de l'alarme. Arrêt par saisie du code de sécurité sur clavier intérieur. Propriétaire contacté. Fin d'intervention validée par le mot de passe ».

— Commissaire, ça va vous plaire, le rapport sur l'alarme.

Laroche le lut.

— Tout cela me semble intéressant. L'alarme s'est donc déclenchée quelques heures avant que l'on retrouve le corps à Saint-Louis et les codes de sécurité ont été utilisés. Donc par quelqu'un qui les connaissait.

— Roullin, essaie de savoir dès cet après-midi qui est ce Guinaudeau.

— C'est parti patron.

Dans la lecture des informations envoyées par la société de sécurité, un élément avait échappé au jeune lieutenant : « Aviser commissariat de La Rochelle en cas d'incident sans réponse ».

Roullin appela le commandant Renier. La police n'avait pas été avertie, l'alarme ayant été interrompue par validation des codes. Qui maintenant pourrait bien le renseigner sur ce Jean-Philippe Guinaudeau ? Un samedi après-midi !

Un petit coup de Google. Au bureau, son ordinateur afficha plusieurs pages de réponses. Réseaux, sociaux, professionnels, informations sur les sociétés, annuaires de téléphone, cela grouillait de réponses. Par recoupements rapides, il réussit à ne sélectionner que ce Jean-Philippe Guinaudeau, le moteur de recherches ne faisant pas de distinction entre les homonymies. Il en arriva à la conclusion suivante.

« Né en 1970 à La Rochelle. Études au lycée Dautet. Puis école de commerce à Paris. Entre en 1995 à la Société européenne de Crédit. En poste à Bruxelles jusqu'en 2002. Rejoint la succursale de Paris. En est nommé directeur en 2010. Fait son entrée au conseil d'administration de la banque en 2012. Pourrait en devenir président, croit savoir le journal « La Tribune économique » en mars 2014. Habite dans le XVIe arrondissement »

Sur la partie rochelaise de sa vie, les réponses viennent de quelques coupures de presse et autres médias.

« France 3 Atlantique lui consacre un reportage à l'été 2013. Il y est présenté comme le descendant d'une famille d'armateurs rochelais y exerçant au XVIIIe siècle. Sud-Ouest mentionne sa présence à l'inauguration d'une exposition temporaire au musée du Nouveau Monde et à d'autres manifestations à caractère culturel. L'un des articles relate qu'il se partage entre Paris la semaine et La Rochelle les week-ends».

Il était à peine quatorze heures et le lieutenant Roullin n'avait pas encore pris sa pause-déjeuner. Il n'avait pas fait cent mètres dans la rue que Laroche le héla de loin.

— Gamin, rapplique tout de suite.

Les passants se retournèrent, étonnés de cette interpellation fort peu discrète. Le sandwich et le soda attendraient.

— Ça continue.

La formule du commissaire fut laconique. Roullin ne comprit pas immédiatement.

— Qu'est-ce qui continue patron?

— La série. Encore un macchabée. Monte dans la voiture.

Trois minutes plus tard ils étaient rue Fleuriau. Au musée du Nouveau Monde. Renier venait lui-aussi d'arriver.

— La suite, commissaire. Pas aussi gore. Au moins, cette fois il reste les vêtements. Suivez-moi.

Le personnel s'était placé à l'entrée pour expliquer aux visiteurs qu'en raison d'un événement exceptionnel les portes resteraient closes.

Dans le hall d'accueil, une jeune femme semblait abattue. Irène Combe, la conservatrice, avait fait la découverte quelques minutes plus tôt. Renier la présenta à Laroche, qui avait tout de suite des questions à lui poser.

—Je suis arrivée à 13 h 30, commissaire. Le musée n'ouvre pas le samedi matin. Le personnel prend son service à 13 h 40. Je me suis rendu au premier étage, dans la partie consacrée au commerce triangulaire, pour vérifier qu'une intervention que j'avais demandée au personnel d'entretien vendredi après-midi avait bien été faite. C'est en entrant dans le cabinet de travail de Monsieur Fleuriau que je l'ai vu, assis dans le fauteuil.

—Attendez, je ne comprends pas tout. Expliquez-moi plus doucement. Vous allez donc au premier étage. La pièce consacrée à la traite négrière, c'est bien cela? Et votre histoire de cabinet de travail, c'est quoi?

—Excusez-moi, commissaire. Au premier étage, tout à gauche, dans la pièce du fond, est reconstitué le cabinet de travail de Monsieur Fleuriau, armateur rochelais, qui fut propriétaire du bâtiment dans lequel nous sommes. Et c'est en entrant dans cette pièce que j'ai découvert un corps, sans tête, dans un des fauteuils de ce bureau. J'ai demandé aux agents qui arrivaient de rester au rez-de-chaussée et j'ai appelé la police.

Marie, la technicienne de l'identité judiciaire venait d'arriver elle-aussi.

— Et n'oubliez pas vos gants et vos surchaussures, lança-t-elle au commissaire et à Roullin.

Le trio monta à l'étage par l'escalier en pierre. Le fauteuil posé devant le secrétaire était effectivement occupé. Le corps posé là était bien droit. Il n'avait effectivement pas de tête, mais au moins avait gardé son costume. Trois pièces avec son gilet, une cravate assortie, chemise blanche mais sans boutons de manchettes. Des mocassins de marque et des chaussettes anglaises bien connues.

Au pied une mare de sang que le tapis avait en partie absorbée.

Le commissaire devait poser de nouvelles questions à la conservatrice. Le bâtiment avait sûrement une alarme? Y-avait-il du personnel le samedi matin? D'autres salles ont-elles été visitées?

Irène Combe répondit point par point. Oui, il y avait une alarme et elle ne s'était pas déclenchée. Non, il n'y avait personne le samedi matin. Le musée avait fermé ses portes le vendredi à dix-huit heures. L'équipe de maintenance était alors intervenue et elle-même était partie à vingt heures car elle travaillait sur une exposition qui serait organisée l'hiver suivant. Non, elle n'avait pas inspecté les autres pièces après la découverte du corps. Les policiers s'en chargeraient, accompagnée par un des agents du musée.

Roullin prit le commissaire à part.

— Patron, dans la précipitation, je n'ai pas eu le temps de vous dire, mais…

— Mais quoi ?

— On vient de trouver un cadavre dans la salle d'un musée consacrée à la traite négrière et j'ai découvert ce midi que Guinaudeau était le descendant d'une famille rochelaise qui avait pratiqué cette activité au XVIIIe siècle. Pour moi, c'est plus qu'une coïncidence. Qu'est-ce que vous en pensez ?

— J'apprécie ta perspicacité, gamin. C'est une piste que nous devons ne pas négliger. Ce qui veut dire aussi qu'on doit regarder s'il n'y a pas un lien entre la famille Delannoy et cette économie bien particulière.

— Et si on trouve de ce côté-là, on fera un grand pas dans cette enquête. Je m'en charge.

- XXII -

Côte de Guinée, fin décembre 1784.

La navette quotidienne entre la Reine de Guinée et la côte ne viendrait pas ce matin. La mer et les courants contraires étaient trop forts. Le second y renonça, attendant la renverse de marée en début d'après-midi. Il avait même dû mouiller une seconde ancre pour que le bateau ne tourne pas autour de la première.

François Chargé était maintenant bien établi et jouissait de la confiance des acteurs du commerce. Monsieur Dautrant n'y était pas pour rien. Mais cela avait un coût qui n'était pas sans conséquence sur la viabilité de cette expédition. Le courtier s'était assuré le versement de commissions substantielles sur toutes les transactions. La traite pourtant n'était pas exceptionnelle. En deux mois, cent cinquante captifs seulement avaient été achetés : quatre-vingts nègres, quarante négresses, trente négrillons ou négrittes. François Chargé en aurait espéré mieux. D'autant que deux navires seulement étaient en opération dans cette rade.

À bord de la Reine de Guinée, les conditions de vie devenaient difficiles. Il fallait absolument faire de l'eau, du bois et les réserves de nourriture commençaient à diminuer. Bien qu'elles fissent l'objet d'une gestion rigoureuse. La veille, François Chargé avait reçu une dépêche du bord en ce sens. Le chirurgien Barraud avait alerté sur l'état de santé précaire des captifs, surtout les femmes et les enfants.

«Faites le nécessaire et augmentez les rations» avait répondu le capitaine. On se chargerait d'envoyer des vivres depuis la terre. L'objectif était de partir avec une cargaison saine. Ce dont le médecin doutait de plus en plus. L'équipage resté à bord, aussi. C'est pourquoi la discipline se relâchait. Si bien qu'un jour, on constata des vols.

Dans une missive, le second avait également mentionné des difficultés avec le cuisinier du bord, ce qui n'arrangeait pas les relations : lui étaient reprochées sa négligence et sa malpropreté. Ses réponses, qualifiées «d'insolentes» par l'officier, lui valurent un soufflet qu'il ne put retenir. Le cuisinier dût être mis aux fers toute la nuit.

– XXIII –

Lundi 28 juillet.

Après une semaine plus qu'agitée, Pierre Laroche avait laissé son équipe souffler une journée. Seuls Rémond et Machefer avaient assuré l'astreinte. Et celle-ci fut bien calme. Celle qui débutait s'annonçait aussi chargée que la précédente. Il fallait donc creuser du côté de la famille Delannoy, voir si elle avait une quelconque ramification avec la traite négrière ; découvrir pour quels mobiles avaient pu être tués Jean-Philippe Guinaudeau et l'inconnu du musée. En espérant que sa tête referait rapidement surface.

À dix heures, le commissaire avait convoqué Agnès Delannoy. L'affaire s'était jouée rapidement. Il l'avait appelée à huit heures et demie. Elle était disponible aussitôt, le cabinet d'avocat étant fermé quelques jours.

— Bonjour commissaire. J'espère que vous m'avez fait venir pour les modalités de restitution du corps de Charles-Edmond. Et ne me dites pas que vous avez encore des analyses à faire. Ses parents ont hâte de pouvoir organiser ses obsèques.

—Oui, bien sûr. À ce propos, c'est le parquet qui décide. Le procureur entrera en contact avec vous je suppose. Non, je vous ai demandé de venir pour savoir si vous avez réfléchi après l'entretien que nous avons eu vendredi. Maintenez-vous vos déclarations à propos des individus dont le camion est sorti de chez vous la veille et que nous avons retrouvés en votre compagnie à La Pallice ?

—Je m'étonne que vous me reposiez cette question, commissaire. J'ai alerté vendredi le procureur Évron sur l'illégalité de votre procédé.

—Ne perdons pas de temps, Madame. Le procureur m'a donné carte blanche pour mener cette enquête. Je vous rappelle que jusqu'à présent, vous êtes associé co-latéralement à ce dossier puisqu'il s'agit de la location d'un véhicule avec un faux permis de conduire. Que ce véhicule a été vu sortant de chez vous. Je ne vois pas ce qu'il y a de gênant et ce qui vous a incité à alerter le procureur. Autre chose, peut-être, Madame ?

Agnès Delannoy manifesta un signe d'agacement, trépigna sur son siège.

—Oui, bien sûr, je vais vous croire. Pour un faux permis de conduire, c'est la police judiciaire qui mène l'enquête alors même que mon mari vient d'être assassiné.

Elle avait retrouvé sa vivacité d'esprit et cherchait à reprendre le dessus sur le policier. Qui a tout de suite saisi sa manœuvre.

— Lui et deux autres. Jean-Philippe Guinaudeau, la deuxième tête récupérée vendredi à Chef de Baie. Et une troisième victime dont le corps a été retrouvé samedi après-midi au musée du Nouveau Monde. Sans tête, elle aussi. Mais cette fois, l'assassin a dû avoir quelques scrupules et lui avait laissé son costume. Et vous le saviez sans doute, puisque les journaux ne parlent que ça depuis deux jours. Je dis bien LES journaux et autres médias de la France entière que trois cadavres sans tête dans la même ville intéressent. Alors une bonne fois pour toutes, expliquez-moi en quoi consistait votre… déménagement dans un hangar de La Pallice, presque vide, dans lequel on ne trouve qu'un conteneur de bateau.

Agnès Delannoy attendait avec appréhension ce moment où les policiers lui feraient le déballage de toutes les informations en leur possession. Il était arrivé.

— Nous avions du mobilier ancien à transporter. Disons… du mobilier de valeur.

— Quelle époque et quelle valeur ?

— XVIIIe siècle. Une commode, une table de travail et quatre fauteuils. Quelle valeur ? Quarante mille euros estimés en 2005. Aujourd'hui, sans doute le même prix. Mais il faudrait demander à un expert.

— Et vous l'avez déposé dans un hangar vide. Sans aucune alarme, comme nous avons pu le constater. Quand même de quoi attiser quelques convoitises. Madame Delannoy, connaissez-vous l'histoire de votre belle-famille ?

— Non commissaire. Il faudrait demander aux parents de Charles-Edmond. Ce que je peux vous dire, c'est que le mobilier que nous avons déménagé venait de la famille. Je n'en sais pas plus.

— Très bien, je vous informe qu'à l'heure qu'il est, une de mes équipes inspecte le hangar de La Pallice. Il y a deux solutions. Soit nous le jouons à la confiance et vous restez ici gentiment, prenant l'engagement de ne pas entrer en contact avec l'extérieur. L'autre solution est que je vous place en garde à vue très officiellement à partir de cette heure, 10 h 40. Auquel cas vous pouvez appeler un de vos confrères.

— Nous sommes entre gens de bonne compagnie, commissaire. Je vais vous éviter tout un tas de paperasseries. Je vous confie même mon téléphone portable.

Laroche invita Agnès Delannoy à s'installer dans la salle de repos des policiers et lui apporta la presse de ce lundi matin. La Rochelle faisait la une de presque tous les titres.

Rémond et Machefer s'étaient rendus au hangar. Ils n'avaient eu guère de peine à ouvrir le grand portail. L'utilitaire et le conteneur étaient toujours là. Ils prirent bien soin de ne pas s'en approcher, informant aussitôt l'identité judiciaire qu'elle pouvait entrer en action. Marie, elle-aussi, n'avait eu que son dimanche de repos et n'était pas en grande forme. Méticuleusement, elle releva le maximum d'empreintes sur le véhicule. Ce dernier était vide. Bonne nouvelle pour le directeur de l'hypermarché qui fut aussitôt avisé qu'il allait retrouver son bien intact, contrairement à ses craintes.

Elle passa ensuite au conteneur. Une grosse pince vint à bout du cadenas qui le fermait. Les portes s'ouvrirent sur une véritable collection de meubles anciens. Avec précaution, ils furent tous sortis dans le hangar et inventoriés. Il y en avait bien plus que l'inventaire dressé quelques minutes plus tôt par Agnès Delannoy. On allait les transporter dans un local sombre où on les passerait au luminol. On ne sait jamais.

En fin de matinée, l'avocate put disposer, une fois le travail de la police au hangar terminé.

Ce lundi, le musée du Nouveau Monde resterait fermé. Pour le troisième jour consécutif. Cela pour permettre aux enquêteurs de mieux comprendre comment on avait pu s'y introduire malgré le dispositif d'alarme sophistiqué.

— D'ailleurs, on n'a toujours pas répondu à la même question pour la cathédrale, fit remarquer Roullin à son patron.

— Je sais, mais ça me semble bien secondaire. Toujours pas de disparition signalée ?

La réponse était négative. Le commissaire et son adjoint se rendirent ensuite chez les parents Delannoy. Ce sont des gens effondrés par la mort violente de leur fils qui les accueillirent. La seule question que les policiers avaient à leur poser suscita leur grand étonnement.

— Savez-vous si un de vos ancêtres a été associé à la traite négrière ?

Monsieur Delannoy répondit presque aussitôt.

— Tout dépend de ce que vous appelez associé. Je sais qu'un de mes ancêtres était capitaine de navire à la fin du XVIIIe siècle et qu'il a effectivement participé à plusieurs expéditions. Il s'appelait François Chargé.

Nous ne portons pas le même nom car il appartenait à ma branche maternelle. Mais je n'en sais guère plus. J'ai juste relevé sa trace dans quelques papiers familiaux que j'ai retrouvés au gré des successions notariales. Ce dont je suis sûr, c'est que la famille Chargé ne faisait pas partie de celles qui se sont enrichies de ce commerce. Notre patrimoine s'est constitué ensuite dans la seconde moitié du XIXe siècle lorsqu'a été créé le chantier naval.

— Votre maison, celle qu'occupe aujourd'hui votre fils, n'est donc pas d'origine familiale ?

— Non, mes parents l'ont acquise dans les années 1920. Elle avait appartenu jusqu'au début du XXe à une famille d'armateurs qui avait connu un revers de fortune.

— Vous connaissez leur nom ?

— Les Guinaudeau. Ils sont ensuite allés habiter rue Réaumur je crois.

— Et le mobilier qui s'y trouvait ?

Une partie avait été acquise avec la maison. De beaux meubles du XVIIIe qui sont dans le salon d'angle au rez-de-chaussée.

Les deux policiers n'avaient pas besoin d'en savoir plus. Plus que jamais, l'identité de la troisième victime permettrait de faire avancer l'enquête à grands pas.

- XXIV -

Côte de Guinée, janvier 1785

Pour la Reine de Guinée, la situation n'était pas au meilleur. En trois semaines, cinquante nouveaux captifs seulement avaient été acquis. Le stock de marchandises embarquées en Europe diminuait peu. Et surtout, deux navires portugais étaient venus s'ancrer dans la rade, rendant plus difficile encore la concurrence.

Pourtant, le comptoir créé par François Chargé jouissait d'une très bonne réputation dans le village. Les marchandises y étaient de bonne qualité. Monsieur Dautrant lui-même le reconnaissait et s'y autorisait des passages réguliers. Un matin, il apparût porteur d'une invitation à se rendre chez le roi.

— Qu'est ce qui me vaut cet honneur ?

— Sa majesté veut vous dire tout le plaisir qu'elle a à commercer avec vous, répondit Dautrant.

François Chargé, qui savait que rien ici n'était désintéressé, en doutait. Qu'importe, il devait se rendre à l'invitation.

Le courtier en était bien évidemment. De même que le chirurgien Barraud. La compagnie était assise sur des canapés bas recouverts de peaux animales. Des petits sièges carrés étaient placés au milieu des convives, sur lesquels étaient posés de grands plateaux en bois. Y étaient placés les plats en étain ou de porcelaine. Une collation de riz et de viande de cabris et mouton accommodé avec une sauce de graisse et quelques aromates y fut servie. Les plats étaient emplis de riz bien cuit sur lequel on avait versé le bouillon qui a servi à la viande. Le repas se déroulait dans le silence. François Chargé jetait des coups d'œil à Dautrant. Le roi et quelques-uns de ses proches, également conviés, ne jetaient pas un regard aux autres invités. À l'issue, on apporta des bols d'eau claire pour boire. Et enfin des rince-doigts. Car le repas se prenait sans couverts.

Les invités sortirent ensuite de la pièce.

—Vous pouvez me dire l'intérêt d'être venu, questionna le capitaine.

—Ne partons pas, François. Sa majesté a certainement quelque chose à vous demander.

– XXV –

Mardi 29 juillet.

Le lieutenant Roullin arriva ce matin-là à la PJ les yeux à peine entrouverts et rouges de fatigue. Ce qui n'échappa pas au commissaire.

—Qu'est-ce que tu as encore fait cette nuit « gamin » ? Tu crois que c'est le moment de traîner comme ça.

—J'ai travaillé pour vous patron. Sur internet, j'ai trouvé plein de documents sur la traite négrière. Comment elle fonctionnait. Vous vous rendez compte que c'était un commerce d'êtres humains dans tout ce qu'il peut avoir d'inhumain. Malheureusement, on ne trouve pas grande trace des Guinaudeau, excepté le fait que le nom est cité quelques fois, et encore moins des Chargé.

—Et t'as fait ça toute la nuit ?

—Oui, commissaire. Je ne pouvais pas m'arrêter.

— Allez, c'est bon. Fous-moi le camp, va dormir. Reviens cet après-midi, il fera encore jour ! Et si tu as des documents, tu me les sortiras sur imprimante.

Roullin parti, Laroche téléphona aux archives départementales de Charente-Maritime. Demanda ce qu'il y avait en rayon. Et ce n'était pas ce qui manquait, lui répondit-on en salle de lecture : les archives de la chambre de commerce, les livres de bord des navires, la comptabilité des expéditions, des archives familiales. Sans doute autant de documents dans lesquels se trouvait peut-être la solution de l'énigme.

— Vous pouvez compter sur notre collaboration. On vous aidera, lui a-t-on promis.

Le commissaire profita de cette matinée sans son adjoint pour faire une synthèse de tout ce dossier, qu'il coucha sur le papier afin de la transmettre au procureur.

« Vendredi 11 juillet 2014, un corps nu, décapité et émasculé est retrouvé sur un chantier rue Lucile dans le quartier des Minimes. La tête a disparu. En l'absence de grande quantité de sang, nous déduisons que l'homicide n'a pas été commis sur place.

Lundi 21 juillet, est signalée par son entourage la disparition depuis dix jours de

Charles-Edmond Delannoy, industriel naval rochelais. Les recherches ADN à partir de prélèvements (du sang dans le coffre) opérés dans la voiture du disparu restée dans son usine permettent de conclure qu'il s'agit de la personne découverte aux Minimes.

Mercredi 23 juillet. En début de matinée, un corps nu et décapité (mais pas émasculé) est découvert dans la cathédrale Saint-Louis, devant la chapelle des Marins. L'importante quantité de sang retrouvée sur place nous amène à la conclusion que le crime a eu lieu ici. Cette fois encore, aucune trace de la tête.

Vendredi 25 juillet. Découverte sur un parking de Chef de Baie de deux têtes déposées dans un sac poubelle. L'une est rapidement identifiée comme étant celle de Charles-Edmond Delannoy. Une rapide enquête menée samedi 26 nous permet d'identifier la deuxième, celle de Jean-Philippe Guinaudeau, homme d'affaires parisien, propriétaire d'une résidence familiale à La Rochelle et en vacances ici depuis quelques semaines.

Samedi 26 juillet après-midi, découverte d'un troisième corps décapité mais toujours habillé dans la salle consacrée à la traite négrière au musée du Nouveau Monde, rue Fleuriau.

Nous mettons au jour un point commun à ces trois crimes : Guinaudeau descend d'une famille d'armateurs ; un ancêtre de la famille Delannoy, le capitaine François Chargé, a commandé des bateaux des premiers ; le troisième corps a été retrouvé dans le cabinet Fleuriau (également riche famille d'armateurs) au musée du Nouveau Monde. À cette heure, l'identité de la troisième victime n'est pas connue.

Par ailleurs, et ce de façon parallèle, nous avons été amenés à nous intéresser au comportement de Madame Agnès Delannoy, épouse de Charles-Edmond, à propos d'un déménagement de meubles anciens de son domicile vers un hangar de La Pallice, à l'aide d'un véhicule utilitaire loué dans un hypermarché de La Rochelle par un individu ayant utilisé un permis de conduire falsifié. Il apparaît que lesdits meubles sont du XVIIIe siècle ».

La synthèse une fois tapée par une secrétaire fut aussitôt envoyée par courriel au procureur Évron.

Agnès Delannoy n'était pas sortie de son domicile pendant les dernières vingt-quatre heures, se sachant certainement sous surveillance. Les équipes de la PJ se succédaient en effet toutes les six heures à quelques dizaines de mètres de son domicile. À onze heures ce mardi matin, une personne se présenta devant le grand portail. Par chance, il y avait une place de stationnement tout à côté ce qui permit aux policiers de voir que son véhicule était siglé aux couleurs des Pompes funèbres municipales. Un coup de sonnette, deux, trois… personne ne répondit. Tandis que l'homme traversait pour regagner sa voiture, le lieutenant Rémond l'approcha et se présenta.

— Vous aviez rendez-vous ici avec quelqu'un ?

— Oui, avec Madame Delannoy. La dépouille de son défunt mari a été déposée ce matin dans nos salons funéraires et j'avais rendez-vous pour régler les détails des obsèques de Monsieur Delannoy.

— Vous avez déjà eu un contact avec elle ?

— Oui ce matin, par téléphone, vers neuf heures. Elle venait d'être avisée que le corps était restitué à la famille. Nous sommes aussitôt allés le chercher à la morgue de l'hôpital. Oh, vous parlez d'une affaire vous !

Machefer arriva à son tour. Ils sonnèrent eux-aussi plusieurs fois à la porte. Personne ne répondit. Aussitôt prévenu Laroche fut rapidement là. L'employé des pompes funèbres quitta les lieux, sa présence n'étant pas nécessaire.

— Et je fais comment moi maintenant pour organiser ces obsèques ?

— Ne vous inquiétez pas. On vous préviendra. Gardez-le au frais. De toute façon, cela fait déjà presque trois semaines qu'il est mort. Alors, un peu plus longtemps…

Comme la semaine précédente chez les Guinaudeau, le commissaire fit appel aux pompiers et surtout à leur échelle pour franchir le mur d'enceinte de la demeure. La Mini beige était dans la cour. La porte principale était fermée à clé. Le serrurier fut là un en un quart d'heure. Les serrures de sécurité ne l'impressionnaient pas. Trente secondes plus tard on entendit un claquement.

— Personne ne rentre. Sauf moi.

L'ordre du commissaire Laroche claqua. Il fit rapidement le tour de toutes les pièces de la maison. Alla même fouiller le grenier puis la cave. Magnifique ensemble voûté qui, au passage, recelait quelques centaines de bouteilles provenant de beaux domaines. Il fallut bien se rendre à l'évidence, Agnès Delannoy n'était pas là. La bonne nouvelle, c'était aussi qu'il n'y avait pas de corps à l'intérieur, hypothèse qu'il avait un temps envisagée.

Les autres policiers prirent possession des lieux.

— Faites-moi une reconnaissance plus complète, sans rien déranger ou alors vous remettez en place.

Le résultat fut le même. Pas de trace de l'occupante des lieux. Pas plus dans la maison, les dépendances que dans le jardin. Machefer revint dans le hall d'entrée.

— Patron, venez voir dans le fond du jardin. Il y a une petite issue. Comme une trappe. Attendez, je vais regarder sur mon téléphone où cela mène.

Une photo aérienne précise le renseigna aussitôt. Il y avait derrière une venelle, laissant juste le passage d'un piéton. Elle débouchait sur une rue perpendiculaire. Aussitôt, les lieutenants Rémond et Machefer s'y rendirent. Ils y trouvèrent la trappe, soigneusement refermée. Agnès Delannoy avait dû s'enfuir par cette issue. Laroche fulminait.

— Bon sang, elle a réussi à filer. Je veux tous les flics de La Rochelle à son train. Soit elle s'est enfuie, soit c'est plus grave que ça. Rémond, trouve moi une photo vite fait et envoie la au commissariat. Diffusion immédiate police et gendarmerie. Fais envoyer également une patrouille pour surveiller la maison. Qu'elle s'installe dans la cour.

Pendant qu'il donnait ses ordres, le commissaire reçut un message. C'était le garagiste. La « Mitterrandienne » était prête. « Pas trop tôt» fut son seul commentaire. Et pendant ce temps, Roullin dormait. Même avec ses yeux hagards, il aurait été bien utile ce matin.

Au musée du Nouveau Monde, Irène Combe, la conservatrice préparait la réouverture. La Ville avait décidé, avec l'accord de la police que le public serait de nouveau accueilli à partir de 14 heures. Il lui fallait surtout vérifier que la pièce dans laquelle avait été trouvé le corps était bien propre. Le tapis plein de sang avait été changé. On en avait sorti un de la réserve. Le parquet avait été soigneusement nettoyé par une entreprise spécialisée. Par chance, les murs, n'avaient pas été touchés.

Un détail attira cependant son attention, et elle seulement pouvait le remarquer. Un des trois cahiers et livres qui étaient posés sur le bureau d'époque Régence avait disparu. C'était celui posé le plus au fond et qui était fermé. Comment ce détail avait-il pu lui échapper jusqu'alors. Elle appela le surveillant-chef.

—Monsieur Launay, vous n'avez rien remarqué sur ce bureau?

—Non Madame, rien qui me saute à l'œil au premier regard.

—N'y avait-il pas trois objets dessus?

—À vrai dire, je n'y ai jamais vraiment prêté attention. Attendez, je vérifie.

Monsieur Launay ne se promenait jamais sans sa tablette dans laquelle étaient stockées les photos de tous les meubles, tableaux et objets du musée, jusqu'au moindre détail.

— Oh là, si Madame, vous avez raison. Il y avait bien un livre et un cahier ouverts sur ce bureau et au fond un registre fermé. Je vous prie de m'excuser de n'avoir pas vu ce détail.

Ces excuses acceptées, Irène Combe s'en alla aussitôt prévenir le commissaire Laroche de sa découverte. Sur le champ, elle fut bien incapable de lui dire ce que contenait ce registre. Elle n'était au musée que depuis cinq ans. On devrait cependant en retrouver la trace dans l'inventaire.

Trois jours que ce troisième corps avait été découvert et toujours pas d'indice pour l'identifier. L'autopsie, comme celle des deux précédents n'apportait rien pour faire avancer l'enquête. Et les seuls éléments remarquables relevés par le médecin légiste venu de Poitiers se substituer à son collègue rochelais en vacances, étaient que l'individu portait trace d'une intervention chirurgicale réalisée par coelioscopie récemment et d'une fracture du poignet datant d'une dizaine d'années. Quant à l'âge, il était évalué entre 45 et 50 ans. Et dire qu'il n'y avait pas le moindre signalement pour une disparition.

Le commissaire n'avait jamais été un grand fan des archives et les seules qu'il aimait fréquenter étaient celles de la police. Il envisageait de confier l'affaire à Roullin. Après tout, quand on passe une nuit sur Internet à faire des recherches et qu'on prétend ne pas pouvoir s'arrêter, c'est qu'on aime ça.

À deux heures de l'après-midi, Roullin émergea des brumes d'un sommeil décalé. Sa première visite fut pour la machine à café. Le sourire goguenard de Marie confirma sa mauvaise humeur.

—Quoi, t'as jamais vu un mec mal réveillé ?

—Si bien des fois, mais toi, je te conseille de passer à la vitesse supérieure, parce que pendant que tu roupillais, ça a sacrément bougé et le patron veut te voir « immediatly ».

Le lieutenant s'aspergea la tête d'eau fraîche pour être un peu plus présentable.

—J'espère que tu as récupéré parce qu'il y a sacrément du nouveau.

L'accueil du commissaire fut plutôt enjoué, montrant sa satisfaction de retrouver son adjoint.

—Alors je commence par le début. La grosse info du jour, c'est qu'Agnès Delannoy a disparu. Elle a quitté sa maison par une petite porte au fond du jardin qui donne dans une venelle. Pas étonnant que nos équipes ne l'aient pas vu sortir. Quitté volontairement ou sous la contrainte, on ne peut pas le dire. À neuf heures elle a téléphoné aux pompes funèbres et quand le croquemort s'est pointé deux heures plus tard pour régler les détails des obsèques, ça a sonné dans le vide. La deuxième, c'est qu'un objet, un registre posé sur un bureau, a disparu de la scène de crime du musée. La troisième, qui n'en est pas une finalement, c'est que l'autopsie n'a rien révélé, hormis trois trous dans le bide, signe d'une opération récente.

— Mais qui vous dit qu'Agnès Delannoy était chez elle quand elle a appelé les pompes funèbres ?

— T'as raison, c'est vrai après tout. Peut-être qu'elle a appelé d'ailleurs. Dis à Marie qu'elle fasse borner son portable. Illico. Sinon, je me suis dit que puisque tu aimes bien les archives, tu allais pouvoir t'y coller.

Cela n'appelait pas de réponse de la part du « gamin » qui n'avait qu'à s'exécuter. Marie fit le nécessaire auprès des opérateurs téléphoniques. Dans la soirée, on devrait savoir qui et d'où a appelé Agnès Delannoy. Roullin sortit sur imprimante le fruit de ses recherches nocturnes et les remit au commissaire, qui en entreprit aussitôt la lecture. Le reste des équipes était toujours en ville cherchant le moindre indice qui pourrait conduire à la disparue du matin. Autant dire que dans La Rochelle en une fin de mois de juillet, cela équivalait à chercher une aiguille dans une botte de foin.

Vers dix-sept heures, le téléphone sortit Pierre Laroche de sa torpeur.

— Commissaire, ici Rémond. On vient de la repérer. Un vrai coup de bol. Avec Machefer, on était sous les arcades place de Verdun quand on l'a vue sortir de la cathédrale Saint-Louis. Elle avait un paquet sous le bras, enveloppé dans un sac plastique.

— Tu ferais mieux de me dire que vous étiez en train de boire un coup au Café de la Paix. Bon je m'en fous, vous avez le droit. Et là, qu'est-ce que vous faites ?

— On essaie de la suivre. Mais elle est méfiante et passe dans des rues où il n'y a pas grand monde. Elle semble rentrer chez elle. Attendez patron, elle s'engage dans la ruelle de ce matin. Oui c'est ça, elle rentre chez elle par le jardin.

— Elle ne va pas être déçue, il y a une patrouille du commissariat dans sa cour… J'arrive.

Déçue, Agnès Delannoy ne le fut pas effectivement lorsqu'elle aperçut deux policiers en tenue et un véhicule dans la cour de sa demeure. Tandis qu'elle les observait, l'un des deux répondit à la radio de bord puis s'approcha de la porte et frappa. Pas de réponse. Le portail s'ouvrit et Laroche fit son entrée, Roullin était dans ses pas.

— On dirait qu'il n'y a personne, commissaire.

— Je vous parie que si, suivez-moi.

Les quatre hommes se répartirent la fouille des pièces. Ils n'en avaient fait que la moitié quand Machefer apparut dans le fond du jardin. Il n'était pas seul. Agnès Delannoy était menottée. Elle fut accueillie par le commissaire.

— Heureux de vous revoir chère Madame. Ça n'est pas sympa de poser un lapin à l'agent des pompes funèbres. Il s'est déplacé pour rien et, du coup, ils ont dû remettre Charles-Edmond au frigo. Tout d'abord, vous allez me montrer le sac que vous aviez sous le bras en sortant de la cathédrale tout à l'heure. Et ensuite, je vais vous faire conduire dans des locaux que vous avez déjà eu l'occasion de visiter hier : ceux de la police judiciaire. Il est dix-sept heures et… quarante-trois minutes. À partir de cet instant vous êtes placée en garde à vue. Peut-on considérer que vous connaissez vos droits ?

— Ah, c'est bon commissaire, ça va. Pour l'avocat, faites venir celui qui est de permanence, le temps que je puisse contacter un de mes amis qui est en vacances à l'étranger.

À ce moment, Marie appela Roullin.

— Dis au commissaire que le téléphone d'Agnès Delannoy a borné ce matin aux Minimes et qu'elle a bien appelé les pompes funèbres vers neuf heures. Dans l'heure précédente, elle a reçu deux appels que nous sommes en train d'identifier.

– XVI –

Côte de Guinée, fin janvier 1785

François Chargé et le courtier Dautrant attendaient depuis un bon moment dans l'antichambre de la demeure royale. Un servant revint avec pichets et gobelets d'eau claire.

Au dehors, les habitants s'étaient amassés, attendant de voir leur souverain.

— Il semble qu'un événement important se prépare, observa Dautrant. Regardez cette foule parée de ses plus beaux atours, toutes ethnies confondues.

— Et nous dans tout ça, insista le capitaine.

— Nous ? Nous sommes au service du roi, ne vous en déplaise, répondit laconiquement le courtier.

La nouvelle circula rapidement dans la foule. Le roi allait se rendre chez sa nouvelle épouse. En liesse, les villageois tiraient force coups de fusil. Un canon en position sur le bord de la mer et qui composait toute l'artillerie du roi y allait également de quelques salves. Pour le grand bonheur des Hollandais qui seraient amenés à vendre de la pierre à fusil et quelques boulets.

La foule entama alors une longue marche vers la maison de la nouvelle épouse, devant laquelle des bougies avaient été allumées, ce qui n'était pas l'habitude. En tête de ce cortège coloré étaient les gens armés qui marchaient en tirant continuellement des coups de fusil. Ensuite venait le roi, placé sous un tapis luxueux, porté par des esclaves ou domestiques. Juste derrière, les frères du roi et les gens considérés dans le pays, marchant indifféremment sans rang. Fermaient la marche tous ceux qui avaient souhaité s'y joindre.

François Chargé et Monsieur Dautrant avaient été invités à se placer juste derrière le roi, ce qui montrait l'importance que sa majesté leur accordait. Le cortège arriva chez la nouvelle épouse. Le beau-père attendait sur le pas de l'habitation. Les invités d'honneur purent entrer dans une première pièce. Deux prêtres des cultes locaux s'apprêtaient à officier. L'assemblée observa un long silence. Plus au loin dans la maison les femmes avaient entrepris de chanter. Le beau-père s'adressa au roi à qui il fit un long discours. La cérémonie s'est achevée par une prière reprise par chacun.

L'assemblée passa ensuite dans l'appartement de la future épouse. Sur un tapis étaient posées nombre de marchandises. En fait, des présents pour le roi et sa nouvelle épouse. Le souverain s'était assis sur un canapé. À la mariée, il donna très discrètement de l'argent. Ce qui devait constituer sa dot, de sorte que si, pour quelque raison que ce soit, il venait à la laisser ou la répudier, elle ne resterait pas démunie. Chacun commença à partir. François Chargé et Monsieur Dautrant en firent de même.

Le commandant du navire restait sur sa faim. Il ne comprenait toujours pas pourquoi il avait été convié à tout ce cérémonial. À cette collation, puis à ce mariage.

— Votre présence ne pourra qu'arranger vos affaires, conclut le courtier.

- XVII -

Mercredi 30 juillet.

Comme tous les matins vers sept heures trente, le concierge du palais de justice faisait sa ronde d'ouverture. Les magistrats et agents arrivaient vers huit heures. Le premier d'entre eux était souvent le procureur Évron. Au moment où celui-ci passait devant les grilles de la cour du tribunal de commerce, le gardien se précipita vers lui tout affolé.

— Monsieur le procureur. Il faut prévenir la police tout de suite. Regardez, là au milieu de la cour.

Elle était là, comme une statue. Sans buste ni piédestal. Une tête, posée à même le sol, regardant les passants. Au centre exact de ce joyau de l'architecture du XVIIIe. Rapidement la rue du Palais fut bouclée par les forces de l'ordre. On ferma le portail ouvrant sur la cour ainsi que sa partie arrière. La tête, figée dans une sorte de sourire, semblait narguer les policiers. Comme si la décapitation avait surpris la victime dans un moment joyeux. Ce qui ne fut sans doute pas le cas, le crime ayant été commis dans le musée.

Le commissaire Laroche s'apprêtait à aller chercher la CX au garage quand on le prévint. Pas le temps de faire le détour. L'équipe de l'identité judiciaire débarqua elle aussi en force. Procéda à des relevés sur la grille avant de rentrer précautionneusement dans la cour. Le premier travail de Marie fut de photographier la tête. L'image fut envoyée sur les téléphones de tous les enquêteurs de la PJ et au commissariat central. Une course contre la montre s'engageait : il fallait identifier rapidement cette personne. Laroche décida d'utiliser la même méthode que le samedi précédent. Aller dans les lieux fréquentés de la ville, notamment autour du marché où la pêche fut fructueuse. À cette exception près que ce quartier est moins fréquenté le mercredi matin. En revanche, on y est à proximité de l'hôtel Fleuriau.

La tête fut rapidement amenée à l'hôpital afin de voir si elle était « raccord » avec le corps découvert au musée. En l'absence du légiste, un chirurgien de permanence se chargea de le faire, mais cette démarche n'avait strictement rien de légal, les policiers le savaient bien. Apparemment, tête et corps étaient faits l'un pour l'autre.

Cette découverte ayant été faite sous les yeux du procureur Évron, qui eut quand même quelque difficulté à se remettre de ses émotions, celui-ci s'impliqua encore plus dans cette enquête, d'autant que la trame le passionnait.

Les investigations lancées dans le secteur du marché n'eurent pas le même succès qu'il y a quatre jours. Personne ne put identifier la photographie. L'individu était inconnu au bistrot, à la cave, tout comme chez les commerçants des halles. Le commissaire décida de tenter le tout pour le tout. Appeler le fait-diversier du quotidien local.

— Marquet, ici le commissaire Laroche. J'ai besoin de vous voir rapidement.

—Je suis en repos aujourd'hui commissaire, ça attendra demain.

Le journaliste avait un petit compte à régler avec Laroche et ne manifesta aucun empressement à répondre à sa sollicitation.

— Un «brief» complet sur l'affaire des têtes en échange d'un petit service, ça vous dit?

— Ça dépend de quel service il s'agit.

— On a retrouvé la troisième tête ce matin dans la cour du tribunal de commerce.

Personne n'a pu l'identifier. Je me disais que vous qui connaissez beaucoup de monde, peut-être que…

— … Peut-être que moi je le connais, c'est ça? D'accord mais à une condition, que je puisse publier un gros dossier sur ces meurtres. Vous allez devoir parler commissaire. On se retrouve dans une heure au Café de la Paix.

Les deux furent ponctuels au rendez-vous. Ils s'assirent à une place au fond de la salle. Laroche commanda un grand café, Marquet une eau minérale gazeuse. Le commissaire sortit son téléphone et le montra au journaliste.

— Commissaire, il y a combien de temps que vous êtes à La Rochelle ? Et vous ne l'avez pas reconnu ?

Laroche fit part de son étonnement. Qui aurait-il dû reconnaître ?

— Philippe Barraud. Le réalisateur de cinéma. D'accord, il n'habite pas à La Rochelle, mais il y revient de temps en temps. Et comme ce monsieur a un ego un peu surdimensionné, il s'arrange toujours pour qu'il y ait un papier dans le journal quand il est ici. Il prétend avoir toujours quelque chose à promouvoir.

— Savez-vous s'il a un pied à terre ici ?

— Je ne sais pas, mais mon collègue qui s'occupe de la rubrique spectacles doit savoir.

L'échange se fit par messagerie. Et la réponse fut rapide. Barraud descendait toujours dans un hôtel de luxe de l'île de Ré.

— Bon alors maintenant, commissaire, vous allez répondre à mes questions.

Une heure plus tard, Marquet avait de quoi écrire son dossier de quatre pages.

Contacté, l'hôtel de Saint-Martin-de-Ré confirma la présence de Philippe Barraud la semaine précédente. Il l'avait quitté samedi matin et dit au concierge qu'il rentrait à Paris dans la journée.

Une consultation du fichier des immatriculations donna rapidement la marque et le type de sa voiture. Sans doute était-elle stationnée quelque part dans La Rochelle. On ne mit pas très longtemps à la repérer dans le parking souterrain de la place de Verdun. Au dernier niveau et bien au fond. Un ticket d'entrée donna l'heure précise de son arrivée. Samedi à 10 h19. Jusque-là tout concordait. Après en avoir terminé avec la tête au palais de justice, Marie et son équipe s'occupèrent de la voiture, qui fut ensuite amenée dans un garage de la police.

— Gamin, il y a forcément un lien entre Barraud et les deux autres. Il faut remonter le temps. Penches-toi là-dessus, vois avec les archives.

Agnès Delannoy était toujours en garde à vue et n'avait pas été très bavarde. L'avocate d'affaire restait très évasive sur son emploi du temps et le fait que le contenu du sac qu'elle avait avec elle, soit le registre manquant du musée du Nouveau Monde. Au milieu de l'après-midi, alors qu'on approchait de la moitié de la garde à vue de quarante-huit heures, on la fit entrer dans le bureau du commissaire Laroche. Il l'attendait de pied ferme.

—Ça y est Madame Delannoy, on sait qui est le troisième. Un certain Philippe Barraud. Vous connaissez ?

—Comme le cinéaste ?

—Le cinéaste !

Agnès Delannoy sembla choquée par ce qu'on venait de lui annoncer.

—Je repose donc ma question Madame. Vous connaissez ?

—Heu… oui, un peu, on s'est croisé plusieurs fois dans des réceptions à La Rochelle ou sur l'île de Ré.

—Un peu ou… plus que ça ?

—On peut dire un peu plus que ça.

—Liaison amoureuse ?

—Non, mais physique oui.

—Et Jean-Philippe Guinaudeau, vous connaissiez ?

—Oui, un peu plus. Lui venait souvent le week-end et avait une résidence familiale. On se voyait souvent au marché le samedi matin.

— Êtes-vous la belle femme qui l'accompagnait parfois que nous ont décrit plusieurs témoins ?

— Peut-être, car je ne connais pas tout de sa vie.

— Avez-vous eu avec lui aussi une liaison ?

— Du même type qu'avec Philippe Barraud.

Le commissaire nota scrupuleusement tout, sans faire de commentaire.

— On peut donc en arriver à cette conclusion que vous connaissez intimement les trois victimes.

— Si c'est la façon de dire que les trois sont passés dans mon lit ou que je suis passé dans le leur, la réponse est oui. Mais quand même un peu plus souvent avec un des trois. Celui que j'ai épousé. Mais ça ne fait pas de moi une criminelle. C'est sans doute une coïncidence.

— À ce détail près qu'il y en a beaucoup dans ce dossier. Hier matin, quand vous avez appelé les pompes funèbres, votre téléphone a borné aux Minimes. Pouvez-vous me dire ce que vous y faisiez ? Et de qui sont les deux appels que vous avez reçus quelques minutes plus tôt.

Agnès Delannoy conservait sa superbe. Elle était réputée pour être une avocate battante qui ne laissait rien passer. Et ce trait de caractère ressortait dans ce bureau. Donc elle avait réponse à tout. Comme si elle avait envisagé tous les scénarios, imaginé toutes les questions qu'on pourrait lui poser. Elle savait aussi que le bornage ne pouvait déterminer le lieu précis de sa présence, mais juste le relais sur lequel son téléphone était connecté. Elle avait donc un rendez-vous professionnel dans le quartier et les deux appels qu'elle a reçus y étaient liés.

— Oui, c'est ça, prenez-moi pour un perdreau de l'année, lui renvoya le commissaire. Vous avez un rendez-vous de travail et entre deux, vous appelez les pompes funèbres pour faire enterrer votre mari, c'est bien ça.

Laroche la fit renvoyer en cellule. La garde à vue pouvait se poursuivre jusqu'au jeudi 17 h 40. Une autre équipe prendrait le relais un peu plus tard pour essayer de la faire parler. Le commissaire avait un rendez-vous urgent. Au garage Citroën, avec la « Mitterrandienne » qui lui avait fait une infidélité de quelques jours.

- XXVIII -

Côte de Guinée, début février 1785

Une semaine était passée depuis que François Chargé avait été convié aux cérémonies royales. Et personne ne s'était encore manifesté. Monsieur Dautrant lui-même, qui avait été informé de ce que serait la demande du roi, se languissait.

Un matin pourtant, l'attente prit fin. Le courtier put annoncer au capitaine que le roi les recevrait l'après-midi même en audience. Les deux hommes se rendirent vers quatre heures à la résidence, que le souverain avait regagné depuis quelques jours. Il était de coutume en effet qu'un marié reste huit jours sous le toit de sa belle-famille après la cérémonie. Le roi s'en était affranchi et avait regagné ses pénates au bout de trois.

Un domestique fit patienter les deux visiteurs dans une pièce d'entrée. Au bout de quelques minutes, un autre vint les chercher pour les présenter au souverain. Un traducteur était à leurs côtés. On passa rapidement sur les convenances et le roi s'adressa à François Chargé.

— Capitaine, Monsieur Dautrant, ici présent, m'a dit toute la confiance qu'on pouvait avoir en vous pour accomplir les missions d'importance.

— C'est un honneur de pouvoir vous y aider, répondit poliment François Chargé.

— Aussi ai-je demandé à mon ami son avis avant de vous entretenir de ce que j'attends de vous.

Le capitaine comprit, sans savoir encore ce qu'on allait lui demander, qu'il n'aurait pas forcément le choix.

— Comme vous le savez, j'ai pris nouvelle épouse la semaine dernière après avoir répudié la précédente. Que je n'entends pas voir rester ici. Aussi, je vous demande de bien vouloir l'emmener avec vous dans votre expédition. J'y mettrai une condition, et vous serez rétribué généreusement pour cela. Qu'elle ne soit pas considérée comme captive et bénéficie d'un traitement de faveur, tant sur votre navire qu'ensuite.

Ayant pris connaissance de la somme que le roi proposait, François Chargé n'hésita pas longtemps. La traite allait très doucement, et cet apport permettrait peut-être de rendre plus viable cette expédition.

— Puis-je me permettre de faire à votre majesté une proposition ? Il serait sans doute préférable que nous l'emmenions jusqu'en terre de France pour lui assurer confort.

— Votre proposition me semble honnête et je l'accepte, conclut le souverain. Monsieur Dautrant est désormais chargé d'organiser les détails. Je souhaiterais la voir embarquer au plus vite.

Les deux hommes reprirent le chemin du comptoir. François craignait que cela fût à double tranchant. Il se devait donc de prévoir des mesures de protection pour sa nouvelle passagère.

– XXIX –

Jeudi 31 juillet

En arrivant au bureau, le commissaire Laroche avait trouvé le procès-verbal posé sur son bureau. Agnès Delannoy avait difficilement supporté la pression. À 23 h 30, elle s'était épanchée. Pourtant les enquêteurs avaient l'impression qu'elle n'avait pas tout dit. Une façon d'allumer un contre-feu.

Entre elle et son mari tout n'était finalement pas si simple qu'elle l'avait affirmé jusque-là. Il avait appris qu'elle ne lui consacrait pas toute sa vie affective. Lors de la disparition de Charles-Edmond, elle était bien à Boston à un congrès. Mais pas seulement pour y parler justice. Elle n'y était pas seule, ce qui expliquait qu'elle soit restée quelques jours supplémentaires. Avec qui ? Une ancienne connaissance de jeunesse qu'elle avait côtoyée pendant ses études à Paris, a-t-elle affirmé aux enquêteurs.

L'alibi parfait estima Laroche. Je suis à quelques milliers de kilomètres, donc je suis innocente. Les déménageurs ? Le contenu du procès-verbal était assez cocasse. Deux personnes recrutées par un intermédiaire qui n'était pas un modèle de probité. Ils se sont occupés de tout : la location, la prise en charge.

Il restait quelques heures de garde à vue seulement et cette déposition ne permettrait sans doute pas au juge d'instruction de la mettre en examen. Pierre Laroche, ne voulait pourtant pas qu'elle s'en sorte aussi facilement. La course contre la montre commençait. À dix-sept heures et quarante-trois minutes, si aucun élément supplémentaire n'était versé au dossier, elle franchirait la ligne d'arrivée. La garde à vue serait levée et elle pourrait partir. Le commissaire voulait sortir par la grande porte. Ne pas se dire qu'il avait joué le match de trop. Ne pas laisser pour trace dans les archives de la police que la seule image d'un poulet qui a foiré sa dernière enquête. Qui était donc Agnès Delannoy, Agnès Durtal de son nom de naissance ? Et s'il y avait un point d'accroche entre cette famille et celles des trois morts. Laroche plongeait au XVIIIe siècle. Au musée de Nouveau Monde, il s'était longuement arrêté devant le tableau de Joseph Vernet, la vue du port de La Rochelle depuis la petite rive, datant de 1762. Peinture qu'il avait déjà vue dans des livres mais jamais « en vrai ». Il imaginait ce quai grouillant d'activité, le bruit, les odeurs.

Le lieutenant Roullin le tira de ces quelques courts instants de rêverie. Laroche revint au XXIe siècle.

— Patron, je vous emmène aux archives départementales ?

— Non, tu y vas tout seul. Il nous reste un peu moins de huit heures pour coincer Agnès Delannoy. Je viens de lire sa déposition d'hier soir. Elle est en train de nous enfumer de première. Toi qui as fait des recherches sur Internet, est-ce que le nom de Durtal te dit quelque chose ? C'est son nom de jeune fille.

— Pas le souvenir. Mais mon flair me dit que tout ça tourne sans doute autour d'une activité du port de La Rochelle on va dire… un peu spéciale. Et si on doit chercher du côté de Paris, c'est peut-être affaire de gros sous. Car les armateurs avaient besoin d'argent, parfois même de beaucoup d'argent pour financer leurs expéditions.

— Tu me dis là que c'est impossible de trouver.

— Sûr que le faire avant dix-sept heures ce soir ça va être compliqué.

— Tu iras aux archives un autre jour. Tu te colles devant ton ordi et tu fouilles. Moi j'interroge à nouveau cette chère Agnès. Elle ne connaît pas le passé de la famille Delannoy, mais le sien peut-être.

On avait laissé à Agnès Delannoy le temps de se préparer. Une pièce lui avait été réservée pour qu'elle se change. Il n'y avait certes pas de douche à la PJ, mais au moins un lavabo et un miroir pour qu'elle puisse se recoiffer. La gardée à vue avait l'air hirsute en entrant dans le bureau du commissaire. La pimpante Agnès avait perdu de sa superbe. Les traits de son visage étaient tirés. Elle venait de passer deux nuits sans dormir, ou presque, dans une cellule.

— Entrez Mademoiselle Durtal. Permettez que je vous appelle ainsi, car c'est cet aspect de votre vie que je veux évoquer avec vous. Connaissez-vous l'histoire de votre famille ? Jusqu'au XVIIIe siècle, s'entend.

— Je m'attendais à beaucoup de choses commissaire, mais pas à cette question-là. Je peux vous dire jusqu'à mes grands-parents mais avant ? Peut-être mon père le sait-il ? Mes parents doivent arriver à La Rochelle demain matin.

La montre, toujours la montre…

— Ce sera trop tard. Il faut que je leur parle aujourd'hui.

—Je ne connais pas par cœur leur numéro de téléphone. Il est dans les contacts du mien. Mais c'est vous qui l'avez.

Laroche finit par joindre Monsieur Durtal père après que l'on eut raccompagné sa fille en cellule. À son grand étonnement, celui-ci s'était montré coopératif. S'il ne connaissait pas totalement l'arbre généalogique de son ascendance, il fut néanmoins capable de dire que dans la famille, on était avocat depuis bien longtemps. Il n'y avait sans doute pas de Durtal au pied du chêne quand Saint-Louis y rendait la justice, mais à la fin du XVIIIe, oui sûrement.

—Mais je ne vois pas où vous voulez en venir commissaire ? Pourquoi ces questions sur notre passé.

—Parce que j'enquête sur la mort de votre gendre et sur deux autres. Et c'est dans le cadre de cette enquête que votre fille Agnès est en garde à vue depuis trente-six heures, parce que nous avons le sentiment qu'elle a bien des choses à nous cacher dans ces affaires.

—Parce que vous mettez en garde à vue sur des sentiments dans votre police ?

—Non, Monsieur Durtal, mais vous savez bien que cette procédure permet de faire avancer une enquête. Et que si nous n'avons rien à reprocher à votre fille, elle sera relâchée, comme le prévoit la loi. La loi que vous et moi avons à cœur de respecter. Donc je reprends. Connaissez-vous également la généalogie de la famille de votre épouse ?

— Bien sûr. Enfin dans les grandes lignes. Les De la Raison étaient des banquiers. Et cela bien avant la Révolution française. La lignée a d'ailleurs failli être interrompue, car à cette époque bien des De la Raison l'ont perdue, la raison, en même temps que leur tête. Excusez-moi cet humour morbide, commissaire. Astrid, mon épouse, est la première à avoir choisi une autre voie professionnelle. Mais ses frères exercent toujours dans ce métier de la banque d'affaires, même si aucun établissement ne porte aujourd'hui leur nom.

Le lieutenant Roullin qui avait pris connaissance de ces dernières informations ajouta le passé de la famille De la Raison à la liste des recherches qu'il avait à faire aux archives. La semaine n'y suffirait pas. Agnès Delannoy fut ramenée dans le bureau de Laroche.

Elle manifesta ouvertement son agacement. Elle en avait assez de ces allers et venues entre un bureau et cette cellule. Il en fallait plus pour perturber le commissaire.

— Bon alors, élément nouveau. Votre famille, du côté maternel descend bien d'une lignée de banquiers d'affaires qui exerçaient sur la place de Paris à la fin du XVIIIe siècle. Donc je vous pose la question. À votre connaissance, les De la Raison, c'est d'eux dont il s'agit, ont-ils été associés à des activités qui avaient cours dans le port de La Rochelle au XVIIIe ?

Agnès Delannoy garda un silence poli. Face à elle, Laroche bouillait en son for intérieur, mais était aussi admiratif de sa sérénité. Plus d'un ou une aurait craqué avant elle. Mais si elle n'était mêlée en rien à ces affaires, elle devrait parler. Et puis, il y avait le registre du musée qu'elle promenait sous son bras en sortant de l'église.

—J'ai été contactée par un homme dont j'ignore l'identité samedi après-midi. Il m'a dit qu'il avait un document à me remettre. Que c'était de l'explosif et qu'il ne fallait en parler à personne. On s'était donc fixé rendez-vous mardi après-midi à la cathédrale Saint-Louis. Il était convenu que l'objet serait déposé dans un sac devant la chapelle des Marins.

—Comme par hasard, devant celle-là. Vous avez vu quelqu'un que vous connaissiez dans la cathédrale ?

—Non, il y avait des touristes. Mais je peux supposer que le sac a été déposé vraiment quelques secondes avant mon arrivée.

Donc que celui qui l'y a mis était encore là, dans cette petite foule.

— Vous avez vu ce registre ?

— Non, je n'ai pas eu le temps si vous vous rappelez bien.

L'explication laissa le commissaire perplexe. Une fois de plus. Il appela Irène Combe, la conservatrice du musée pour savoir si le registre disparu avait été identifié. Sa réponse ramena un peu de baume au cœur du commissaire. Oui, il l'avait été. Il s'agissait du livre comptable d'un armateur rochelais. La famille Guinaudeau. Il avait été acheté dans une vente aux enchères à la création du musée, dans les années 1980.

Enfin un élément logique. Jean-Philippe Guinaudeau avait été tué là même où ce registre a été déposé après avoir été « emprunté ». Il y avait ensuite le cas de la famille Delannoy, descendante d'un capitaine de navire. Mais cela n'éclaircissait pas le lien avec la mort de Philippe Barraud. Il fallait le faire rapidement.

L'horloge tournait. Il ne restait plus que quatre heures.

— Roullin, tu files aux archives. Je les appelle. Je veux que tu me trouves un Barraud. Je ne sais pas ce qu'il faisait dans le milieu portuaire au XVIIIe. Et pendant que tu y seras tu cherches du côté des De la Raison.

Quinze minutes plus tard, le lieutenant arriva aux archives départementales dans le quartier des Minimes. Dans son «bocal» à l'entrée, le gardien l'attendait. Il le conduisit au premier étage ou l'accueillit le directeur.

—Je vous ai fait installer dans une pièce à part. Et trois archivistes vont vous aider. Je sais que vous êtes pressé par le temps.

Les présentations ont été faites rapidement. Les catalogues avaient été sortis.

—Nous recherchons en fait des renseignements sur quatre familles. Les Guinaudeau, Chargé, De la Raison et Barraud. Les trois crimes de ce mois avec les têtes coupées y sont plus que sûrement liés. Il nous faut découvrir s'il y a des points communs aux quatre.

Loïc Michel n'était pas là par hasard. Il avait travaillé de longs mois sur cette période de l'histoire rochelaise et était sans doute le mieux à même ici pour l'orienter et gagner de ce temps si précieux.

—Pour les Guinaudeau, ce sera simple. C'était une famille d'armateurs. Si ces familles sont liées à toute cette affaire, c'est que les représentants des trois autres y occupaient des fonctions subalternes.

—On sait par la famille Delannoy, qu'un Chargé était capitaine de navire. Mais rien de plus, lui expliqua Roullin. Quant aux De la Raison, ils étaient banquiers à Paris. Reste les Barraud sur lesquels nous n'avons rien.

Loïc Michel rassura le lieutenant.

— Vous allez voir qu'on devrait vite trouver. Tout sera dans la série J.

— Je ne comprends rien à votre truc.

— Ne vous inquiétez pas. Ici, les documents sont classés par série et tout ce qui concerne l'activité portuaire à cette époque est dans la série J. Comme il y a une série U ou W. C'est un métier, les archives. Comme flic, n'est-ce pas ?

— En fait, on joue tous les deux les limiers c'est ça ?

L'archiviste n'avait pas entendu la dernière phrase. Il était déjà plongé dans le catalogue qu'il connaissait presque par cœur. Sauf les numéros de cote exacts sans doute. Il tomba très rapidement sur un registre de la chambre de commerce répertoriant les armateurs inscrits à l'organisme consulaire. Il fit sortir le dossier. Roullin, vit arriver un classeur bien plus épais que le dictionnaire Robert.

— Impressionnant, n'est-ce pas ? lança Loïc Michel à Roullin. Ne vous inquiétez pas. Il y a plein de sous dossiers, on va aller droit au but.

L'archiviste prit chemise par chemise. Il y en avait une bonne soixantaine. Autant que d'armateurs. À la lettre G il trouva le sous dossier Guinaudeau. Une cinquantaine de documents environ.

—Je vous l'ai dit, ça va aller vite.

Loïc Michel parcourait chacun d'eux. Il y avait là des feuilles de comptes, différents échanges de courriers. Quelques minutes plus tard, le jeune lieutenant n'avait plus qu'à congratuler l'archiviste et téléphoner à Laroche.

—Patron, je crois que vous pouvez acheter dix kilos de bonbons pour le personnel des archives départementales. Écoutez-moi ça. Nicolas Guinaudeau, armateur de la place de La Rochelle qui venait de succéder à son père récemment décédé, a monté une expédition en 1784 avec un bateau nommé la Reine de Guinée. C'était sa première. Il avait pour capitaine François Chargé, qui assurait lui-aussi son premier commandement après plusieurs expériences de second. Ça n'est pas fini patron. Dans la liste du personnel de bord, il y a un certain Jean Barraud, chirurgien. Autrement dit le toubib. Et enfin, dans les courriers, on trouve plusieurs échanges entre Guinaudeau et des financiers parisiens. L'expédition nécessitait de mettre 52.000 livres sur la table. Guinaudeau n'en avait que 12.000 de disponibles. Il n'avait pas trouvé d'associé sur place, ce qui était une pratique courante à l'époque. Il a donc emprunté 40.000 livres et vous devinez bien à qui.

— Les De la Raison.

— Exact, une famille de banquiers à Paris, mais qui prêtait en son nom et non pas en tant qu'établissement financier. Tout tourne donc autour de ce bateau, la Reine de Guinée qui a quitté La Rochelle quand, à votre avis ? Et bien à la fin juillet 1784.

— « Gamin », quand tu vas rentrer, je crois que je vais te claquer deux bises.

On avait vraisemblablement toutes les pièces du puzzle. Ne restait qu'à les assembler. Et surtout à trouver qui pouvait bien en vouloir à ceux qui gravitaient autour de cette expédition. Agnès Delannoy, descendante des De la Raison par sa mère avait-elle une raison d'en vouloir aux représentants des trois autres familles ? Laroche n'en avait finalement pas la moindre idée. Et si cette histoire de mobilier déménagé n'était finalement qu'une affaire de meubles revendus sur un marché parallèle. Restait ce registre récupéré dans la cathédrale Saint-Louis et déposé par on ne sait qui ? Après avoir présenté ses conclusions au procureur Évron, il fut décidé qu'il n'y aurait pas de présentation à un juge d'instruction faute de charges suffisantes.

À dix-sept heures et quarante-deux minutes, la garde à vue d'Agnès Delannoy fut levée. Elle serait sans doute plus utile à la poursuite de l'enquête dehors que derrière les barreaux.

– XXX –

Vendredi 1er août

Dans quelques heures, ils allaient repartir pour les uns, débarquer pour les autres. Les juilletistes ne reprendraient le boulot que lundi, les aoûtiens seraient en congés dès ce soir. Le week-end s'annonçait noir sur les routes. Il y aurait encore au moins une heure de queue pour passer la tirelire qui mène jusqu'à l'île de Ré. Le commissaire Pierre Laroche était assez satisfait de sa semaine, même si elle n'était pas tout à fait terminée. Sur son bureau ce matin, Sud Ouest affichait son titre en très gros caractères : « Le mystère des trois têtes élucidé ». Philippe Marquet avait retranscrit toutes les informations données jeudi par Laroche. Les photos faisaient le reste. Comme annoncé ce dossier faisait quatre pages. Seules manquaient les découvertes faites la veille par Roullin aux archives qui établissaient définitivement le lien entre les trois affaires. En regardant par la fenêtre, le commissaire vit les voitures des médias nationaux débarquer dans la rue Léonce-Vieljeux. Les cars de retransmission satellite des chaînes d'info en continu déployaient leurs paraboles. Roullin déboula.

— Patron, je crois qu'on est cernés.

— J'ai vu. Trouve-moi plutôt une télé.

— Attendez, on va regarder sur internet.

— Je crois que je ne m'y ferais jamais.

Le commissaire faisait partie de ces rares dinosaures qui parlaient encore d'Antenne 2 et FR3 plus de vingt ans après leur disparition. Alors la télé sur un ordinateur !

Sur BFM TV, dont l'envoyé spécial était juste sous sa fenêtre, on « repompait » allègrement le journal local sans aucune mention de la source de l'information. La chaîne passait en accompagnement la même image d'archives du Vieux-Port, alors que pas un des cadavres n'y avaient été découvert. Le reporter de LCI avait, lui aussi, sorti les avirons pour meubler un temps d'antenne dans lequel il n'avait rien de bien intéressant à raconter.

Le téléphone de Laroche sonna au moment où la chaîne donna la parole à un expert auto-proclamé en crimes en tous genres qui faisait un lénifiant discours sur les tueurs en série.

— Mais quel pauvre crétin, s'énerva Laroche avant de décrocher.

Le procureur Évron n'avait visiblement pas envie de s'engager dans une longue conversation.

— On me dit que vous êtes envahi de journalistes. Afin de couper court à tous les ragots distillés depuis une heure sur les radios et chaînes info, j'organise une conférence de presse à onze heures au palais. Comme ça, ce sera bon pour les journaux de 13 heures. Je vous y attends.

Pendant que le procureur lui parlait, Laroche regardait les paraboles s'abaisser sur les camions, les journalistes des radios grimper dans leurs voitures. Visiblement cette information était, elle aussi, passée rapidement.

Dans sa carrière, le commissaire Laroche n'avait jamais connu une telle agitation médiatique. Pour une sortie, c'était décidément une sortie. L'idée de montrer sa trombine sur tous les postes de télévision allumés dans le pays à cette heure-là n'était pas franchement pour lui plaire.

— Et attendez, commissaire, sans compter les « replays ».

— Les quoi ?

— Les « replays ». Les sites internet où vous pouvez revoir les journaux quand vous voulez pendant une semaine. Et puis, il y aura les réseaux sociaux, Twitter et Facebook. Vous allez faire un carton, patron, le chatouilla le lieutenant Roullin.

— Va plutôt me chercher deux cachetons de paracétamol.

Tant de journalistes se pressaient en cette fin de matinée au tribunal que le procureur décida, in extremis, de faire la conférence de presse dans la salle d'audience correctionnelle, bien que cela fût contraire à l'usage. Lui et le commissaire Laroche s'étaient installés à la place des juges. Une nuée de micros avait été installée devant eux. La barre était entourée d'une forêt de caméras. Les reporters et journalistes de la presse écrite s'étaient installés sur les bancs d'ordinaire réservés au public. Une dizaine de policiers en tenue s'assuraient qu'il n'y ait aucun débordement. Visiblement, le procureur Évron avait déjà pratiqué cet exercice. Laroche, lui, était en sueur.

À dix heures et cinquante-neuf minutes, un des assistants d'une chaîne de télévision lança le décompte. Dans moins d'une minute, ils seraient en direct à l'antenne.

Le procureur avait bien préparé son dossier. Il revint sur les faits et les avancées de l'enquête. Ce qui revenait à confirmer les informations de Sud-Ouest parues le matin même. Dix minutes plus tard, il en avait fini de son exposé. Les télés interrompirent leur direct. On passa aux questions dans la salle. À plusieurs reprises, le proc' invita le commissaire à répondre. Ce dernier découvrit alors que l'exercice n'était pas si compliqué que cela. Voilà, ils savaient tout. Le tueur lui aussi, n'ignorait rien des avancées de l'enquête. Un quitte ou double pour les policiers.

Chez elle, Agnès Delannoy avait passé la matinée devant BFM TV. Elle n'avait qu'une envie. Pouvoir consulter le registre que les policiers lui avaient pris.

La porte arrière de l'habitation grinça et s'ouvrit violemment. Elle n'eut pas le temps de comprendre et encore moins de réagir. Un individu cagoulé se jeta violemment sur elle. Agnès chercha pourtant à protéger sa tête. Elle sentit un liquide couler sur son visage puis une intense brûlure l'envahir. L'homme, c'en était un, s'enfuit par le chemin pris pour entrer et s'échappa par la venelle du fond du jardin. Elle eut la force de se rendre dans la salle de bains. Se rinça abondamment le visage avec la douche. Elle ne voyait presque plus rien. Suffisamment pour se rendre compte en se plantant devant le miroir qu'elle était défigurée et composer le 112 sur son portable. Il était un peu moins de treize heures. Elle ne verrait pas les journaux télévisés.

Prévenu aussitôt par les pompiers et leurs collègues du commissariat, Laroche et

Roullin arrivèrent au moment où on installait le brancard dans l'ambulance. L'interroger ? Non, leur dit le médecin du Samu. De toute façon elle était sous sédatifs. Un diagnostic ? De l'acide au visage, sans aucun doute. Quand pouvoir lui parler ? « Je ne peux pas vous dire », avait répondu le même médecin, qui n'écartait pas l'hypothèse d'un transfert au CHU de Bordeaux. À cet instant le téléphone d'Agnès sonna. Ses parents étaient en gare de La Rochelle et s'étonnaient de ne pas la voir être venue les accueillir.

L'agression dont venait d'être victime Agnès Delannoy ne manquait pas d'interroger le commissaire Laroche. Elle est intervenue à peine plus d'une heure après que le procureur avait dévoilé qu'elle était aussi descendante de la famille De la Raison, également impliquée dans le « commerce » rochelais du XVIIIe, alors que jusqu'à présent on pensait que son implication était seulement due au fait d'être l'épouse d'un descendant du capitaine Chargé. Chaque famille avait donc maintenant sa victime. Il fallait trouver ce qu'avaient bien pu faire les quatre ascendants, en 1784, lors de l'expédition de la Reine de Guinée.

Il était quinze heures. Le commissaire fit appeler toutes ses équipes.

— Vous avez tous bien bossé cette semaine. On a avancé à pas de géant. Week-end pour tout le monde. On se retrouve lundi à huit heures.

– XXXI –

Côte de Guinée, mi-février 1785

Le chirurgien Barraud était arrivé ce matin-là par la navette quotidienne. La veille au soir, François Chargé lui avait envoyé une dépêche spéciale. Pour la première fois depuis l'arrivée sur cette côte, il avait cinquante captifs susceptibles d'être conduits à bord. En plus de la substantielle somme offerte par le roi pour que son ex épouse quitte cette terre, celui-ci avait proposé au commandant de la Reine de Guinée de faire une traite hors norme. C'est Monsieur Dautrant lui-même qui sélectionna les « candidats » au départ.

— Des nègres de belle qualité, avait pris soin de préciser le courtier, qui voyait poindre une belle commission.

Car Sa Majesté entendait bien faire un commerce normal de ces hommes, femmes et enfants qui venaient d'un village situé à une dizaine de lieues à l'intérieur des terres.

— Docteur, je vous demande d'être attentif à leur état de santé, car nous allons les payer cher, avertit François Chargé.

Les consignes étaient claires : le chirurgien devait veiller à l'âge, à la force apparente, au regard. Pour les négresses, avoir les seins debout était une preuve de bonne santé. Une inspection de la bouche, du blanc des yeux complétait l'examen. Vérifier la toux confirmait ou non, que la personne n'était pas porteuse de maladies.

Ce jour-là, sur les cinquante susceptibles d'être traités, le chirurgien Barraud en sélectionna trente : vingt nègres, cinq négresses, cinq négrillons et négrittes. Le marché fut aussitôt conclu avec Monsieur Dautrant, à bon prix. Le courtier en avait les yeux qui brillaient. François Chargé avait convoqué des piroguiers qui emmèneraient les captifs jusqu'aux chaloupes, lesquelles les achemineraient ensuite sur la Reine de Guinée.

Subitement, la rumeur monta à la côte. Tous les piroguiers se rassemblèrent, ainsi qu'une bonne partie de la population. Alors que les captifs venaient de quitter la terre, c'est un cortège qui s'en approcha. Ils reconnurent immédiatement celle qui fut l'épouse du roi. Elle était là, entourée de femmes qui déclinaient les chants traditionnels habituellement réservé aux fêtes. Une pirogue l'attendait. Elle s'installa à bord. L'embarcation s'éloigna. Les villageois comprirent que l'épouse était définitivement répudiée.

– XXXII –

Lundi 4 août

Pierre Laroche ne s'était pas accordé de week-end. Pendant deux jours, il avait retourné les dossiers dans tous les sens. Analysé tous les éléments et avait buté sur un obstacle : il n'avait aucune connaissance historique, hormis les quelques éléments fournis par son adjoint Roullin, lequel les avait glanés sur Internet. Le sentiment d'un travail inachevé l'envahit.

Bien qu'on connaisse le point commun entre les trois meurtres et l'agression contre Agnès Delannoy, pas la moindre idée de ce qui avait pu motiver tout cela. Une vengeance ? Un secret de famille ? Et plus de deux siècles plus tard ?

Alexandre Roullin avait lui aussi consacré une partie de ces deux jours à travailler sur l'enquête. Samedi, il s'était rendu à la médiathèque pour consulter quelques ouvrages. Las, ceux-ci étaient trop généralistes et ne lui apportèrent rien de bien intéressant, si ce n'est qu'ils décrivaient les mécanismes de cette économie florissante qu'était le « commerce triangulaire ». Il lui faudrait donc retourner aux archives.

Loïc Michel, l'archiviste, s'était pris au jeu et, sans qu'on lui demande quoi que ce soit, avait décidé lui aussi de se replonger dans les documents afférents à la famille Guinaudeau. Il s'intéressait à des échanges de messages quand Roullin l'appela.

— Vous pourrez nous refiler un petit coup de main ? Le commissaire pense que la résolution de cette enquête est sur vos étagères.

— Je ne vous ai pas attendu. Je suis en train de lire toute une correspondance entre François Chargé et son second alors qu'ils étaient au large de la côte d'Afrique. Ne vous déplacez pas, je vous rappelle en fin de journée.

Agnès Delannoy n'avait finalement pas été transportée au CHU de Bordeaux. Les médecins ne l'avaient pas estimé nécessaire. Laroche et Roullin furent autorisés à lui rendre visite à l'hôpital. Un quart d'heure seulement leur avait fait savoir l'infirmière-chef. Elle était encore sous calmants et surtout avait vécu un vrai traumatisme.

Avant de s'y rendre, le commissaire prit le temps de jeter un rapide coup d'œil à la presse du matin. Y étaient annoncées les obsèques de Charles-Édouard Delannoy. Elles auraient lieu mardi après-midi en la cathédrale Saint-Louis à quinze heures. Les parents avaient tenu à ce qu'elles y soient célébrées, malgré les circonstances.

Agnès n'avait qu'un souvenir diffus de l'agression dont elle avait été victime. Un homme, une cagoule, ce liquide, cette brûlure, cette vision dans le miroir de la salle de bain et puis le néant. C'était ensuite le trou noir. Elle n'assisterait pas aux obsèques de son époux le lendemain. Ne savait d'ailleurs apparemment rien à ce propos. Ses parents étaient également à son chevet. Ils s'y relayaient depuis leur arrivée vendredi matin.

Le médecin consentit à donner quelques informations aux deux policiers. Son hospitalisation pourrait se prolonger toute la semaine. Ensuite, elle devrait en passer par une chirurgie réparatrice. Par chance, terme qu'employa le médecin, ses yeux n'étaient pas touchés. Elle garderait sa vision complète. L'auteur de ce geste, n'avait visiblement aucune volonté de tuer Agnès Delannoy, à la différence des trois autres. Pourquoi ce « traitement de faveur » ?

Les lieutenants Rémond et Machefer travaillaient eux sur le déménagement de meubles. Depuis l'agression de vendredi matin, Laroche avait abandonné l'idée que les trois meurtres y soient liés. Alors qu'ils étaient en planque près du hangar de la Pallice, les deux «gros bras», pas si gros que ça d'ailleurs, se pointèrent. Ils n'eurent pas le temps de mettre la clé dans le cadenas qu'ils se retrouvèrent les «pinces» autour des poignets. Amenés à la PJ, ils ne tardèrent pas à passer à table. On était au cœur d'un trafic de mobilier ancien avec les pays de l'est. Eux se chargeaient d'en trouver. Souvent de façon pas très orthodoxe, ou du moins répréhensible. Chez les Delannoy, c'était un peu différent. C'est Agnès qui le leur avait offert sur un plateau. Il était prévu que cela soit maquillé en cambriolage quelques heures après le déménagement. Ils devaient remettre à la propriétaire trente mille euros et avaient déjà trouvé des acheteurs pour cinquante. Malgré les frais de transport, l'affaire restait intéressante. L'arrestation de ces deux petits escrocs à la semaine permit d'élucider nombre de cambriolages commis dans la région. Ce furent les seules charges retenues contre eux. Placés en détention préventive, ils seraient jugés ultérieurement par le tribunal correctionnel. Pour les policiers, l'affaire en restait là.

Comme convenu, l'archiviste Loïc Michel appela le lieutenant dans la soirée.

—J'ai fini par trouver le livre de comptes de l'expédition de la Reine de Guinée en 1784.

Pas reluisante. On y apprend qu'elle a même coûté de l'argent à Guinaudeau, qui y a laissé quelques milliers de livres. On y parle d'une mauvaise traite. On entendait par là le fait que l'on n'avait pas réussi à acheter le nombre de nègres escompté. Ce bateau était prévu pour en emmener quatre cent cinquante. Il y en eut cent de moins. Au bout de quatre mois sur place, le capitaine Chargé décida de lever l'ancre pour rejoindre les Amériques. La traversée ne s'est pas bien passée et la mortalité à cause des maladies a été importante. On y parle aussi de pertes diverses, sans plus d'explications. Ce qui fait qu'il n'y en avait plus que deux cent trente à l'arrivée. Vous imaginez que financièrement, le compte n'y était pas. J'ai comparé rapidement avec une vingtaine d'autres expéditions. Ce taux de mortalité, c'était du jamais vu.

Roullin écoutait son interlocuteur religieusement.

— Et il y a une autre chose, lieutenant. Dans la correspondance entre Chargé et son second, le premier parle d'une femme. D'une drôle de femme même.

– XXXIII –

Océan Atlantique, fin février 1785

Lorsqu'elle apparaissait sur le pont de la Reine de Guinée, toutes les autres femmes se levaient et lui faisaient une Signala, des battements de main par huit à dix coups. Ses cheveux étaient frisés avec une multitude de petites tresses alignées avec symétrie. Son visage était peint avec une teinture blanche et des pendants d'oreilles à diverses lames, des chaînes au cou, de même que quatre à sept ou huit anneaux à chaque bras et jambe. Cela montrait qu'elle appartenait à une caste supérieure.

De sa haute stature elle dominait toutes celles qui avaient un temps cru être ses égales. Ces dernières durent se rendre rapidement compte qu'il n'en était rien et qu'il n'en serait jamais rien. Elle avait acquis le statut de quartier-maîtresse, rôle que l'on confiait habituellement aux captives qui se faisaient remarquer pour être serviables. Elle, le devait plutôt à sa beauté car à plusieurs reprises, elle s'était montrée bien rebelle.

Le matin même, la Reine de Guinée avait levé l'ancre. Quatre mois qu'elle était en rade sur la côte. François Chargé savait déjà qu'il n'avait pas réussi sa première expédition. Le bilan financier n'était pas bon. Les cales étaient emplies de marchandises qui auraient dû être vendues. Les deux tonneliers, qui avaient été embarqués et autorisés à traiter trente nègres avaient finalement renoncé à ce privilège.

La terre ayant presque disparu à l'horizon, le capitaine autorisa le soir les captifs à manger leur soupe sur le pont. À l'issue du repas, ordre fut donné à l'équipage de faire rentrer les hommes. Les matelots se placèrent comme à l'habitude, armés d'un sabre pour mater les fortes têtes. Une bousculade sema la panique. Bien qu'entravés par les fers aux mains et aux pieds qui gênaient leurs mouvements, plusieurs d'entre-eux réussirent à se saisir du lieutenant et de deux marins qu'ils jetèrent à l'eau.

Alors que les autres matelots s'avançaient vers les nègres, sabres en avant, ces derniers n'en furent pas pour autant impressionnés. François Chargé cria un ordre à son équipage : « Tous vivants, je les veux tous vivants Messieurs ». Le bâtiment heureusement avançait à faible allure et les hommes tombés à la mer purent être remontés à bord. Les négresses se mêlèrent à cette révolte, mais furent bien vite repoussées sans qu'une goutte de sang ne coule. Les enfants eux-aussi s'emparèrent de tout ce qui leur tombait sous la main pour le jeter sur l'équipage.

François Chargé n'avait plus le choix. Il fallait réduire cette rébellion par d'autres moyens. Il donna l'ordre de faire feu : d'abord en l'air et si besoin en tir tendu.

Ce soir-là, la Reine de Guinée perdît huit de ses captifs. Trois furent tués par arme et cinq se jetèrent à l'eau. On ne tenta rien pour les récupérer. L'équipage comptait aussi ses victimes : un matelot fut tué par l'explosion d'un fusil, et un autre perdit la vie quelques jours plus tard des suites d'une vilaine blessure.

Le calme revint au bout de deux heures.

L'ex épouse du roi sortit de la cabine du capitaine. Son air ravi montrait qu'elle n'était sans doute pas hostile à cette révolte.

– XXXIV –

Mardi 5 août.

Depuis plus d'une heure, le lieutenant Roullin écoutait Loïc Michel. Sur la grande table étaient posés plusieurs dossiers sur les armateurs rochelais. Le policier découvrait les bilans des différentes expéditions de l'année 1785. La Reine de Guinée, partie fin juillet 1784, avait opéré sa traite à cheval sur les deux années et était donc comptabilisée sur la deuxième. Un funeste tableau répertoriait toutes les informations : le nombre de tonneaux embarqués, la prime reçue par tonneau, la cargaison de noirs, le prix total de cette cargaison et bien sûr le rapport par tête de nègre. Les commentaires en marge étaient à l'avenant. Celui concernant la Reine de Guinée résumait ce que l'archiviste lui avait dit la veille : « Ce navire fut expédié pour la côte de Guinée avec une cargaison prévue pour la traite de quatre cent cinquante noirs. Il ne put en travailler que trois cent cinquante. La mortalité a ruiné cette expédition. La partie de la cargaison qui n'a pu être écoulée sur la côte d'Afrique l'a été à Saint-Domingue avec une très grande perte »

Et puis, il y avait cette femme dont lui avait parlé l'archiviste. Une esclave qui semblait jouir d'un statut particulier sur le bateau.

— En fait, lui expliqua Loïc Michel, on comprend que le capitaine Chargé en était tout simplement tombé amoureux. Ce qui explique ce statut de favorite qu'on devine entre les lignes. Regardez !

L'archiviste ouvrit ce qui ressemblait à un journal intime, qui avait été retrouvé bien plus tard. C'était celui du chirurgien Jean Barraud. Y étaient consignés les petits faits et gestes sur le bateau depuis le départ de La Rochelle. Ceux qu'on ne peut décemment faire figurer sur le journal de bord officiel. Celui que le capitaine tenait pour l'armateur et, sans le savoir, pour la postérité.

— Je n'ai pas eu le temps de tout lire car il fait une centaine de pages mais une lecture en diagonale me fait imaginer que ce sur ce bateau, la vie n'était peut-être pas ordinaire. Je vais le lire ce soir attentivement et je vous noterai tout ce que je trouve d'intéressant concernant cette femme dont l'influence semble importante.

L'après-midi, la foule se pressait aux abords de la cathédrale afin d'assister aux obsèques de Charles-Edmond Delannoy. Présents, les policiers des ex Renseignements généraux devaient y dresser une liste des têtes connues et discrètement faire des photos de la foule. Seul le cadre du parvis le permettait. Un temps, l'utilisation de caméras à l'intérieur de l'édifice avait été évoquée, mais l'évêque y avait opposé un véto catégorique.

Max Vanderbild avait quitté son domicile parisien tôt le matin, était arrivé à La Rochelle par le TGV de la mi-journée. Cet habitant de l'avenue Kléber y venait pour la première fois. Il était aussi descendant de famille d'armateurs rochelais. Mais pas seulement. Un des frères de son lointain ascendant était propriétaire d'une exploitation de canne à sucre à Saint-Domingue. Autrement dit : l'un vendait des esclaves, l'autre les achetait et revendait le produit de sa culture au premier qui le ramenait sur le vieux continent.

Ce quadra aux allures élégantes avait découvert ce passé tout récemment lorsqu'il s'était agi de valider une transaction devant notaire. Il était héritier, comme des dizaines d'autres, d'un lointain ancêtre dont une collection d'œuvres d'art venait d'être découverte dans la cave d'une demeure de la région bordelaise.

Ce mardi, lui aussi était sur le parvis de la cathédrale Saint-Louis. Noyé dans cette foule de quelques centaines de personnes qui s'apprêtait à y entrer. Max Vanderbild laissa passer l'assistance avant de se glisser sur la partie gauche et trouva une place à proximité de la chapelle des Marins. Là même où Jean-Philippe Guinaudeau avait été retrouvé mort. Une heure plus tard, alors que les porteurs des pompes funèbres prenaient la direction de la sortie au son des grandes orgues, Max Vanderbild resta dans la cathédrale, qui en quelques minutes retrouva son calme. Il s'approcha de la chapelle. Sa présence déclencha le capteur d'éclairage et cette alcôve fut mise en valeur par les projecteurs. Bien que la grille soit fermée, il essaya de détailler les tableaux d'ex voto. Il y en avait douze sur le mur de gauche. Sans doute pas un hasard.

Le commissaire et son adjoint étaient eux aussi restés à l'intérieur, discrets derrière un pilier. Ils n'étaient plus que trois dans la cathédrale. Même le gardien avait disparu. Parti vérifier sur le parvis que tout était bien en ordre pour accueillir à nouveau les visiteurs qui pourraient entrer dans quinze minutes.

Laroche et Roullin furent intrigués par cet homme qui se planta devant cette chapelle. Lorsque Vanderbild, au bout de quelques minutes, voulut rejoindre la porte, les deux policiers l'abordèrent discrètement, l'invitant à se rendre à l'extérieur. Contrôle d'identité et quelques questions.

Lorsqu'il apprit que le lieu où il venait de se recueillir était l'endroit même où fut trouvée une des trois victimes, Vanderbild ne broncha pas.

— Pourtant, lui demanda Laroche, il n'y a sans doute pas de hasard au fait que vous vous soyez arrêté devant cette chapelle précisément.

— Pur hasard, répondit Vanderbild.

— Vous repartez quand à Paris ?

— Jeudi matin, par le train de 11 h 50.

— Je vous convoque demain matin à la PJ. De manière informelle. Nous pourrons poursuivre cette petite conversation.

À peine parti, le lieutenant Roullin appela Loïc Michel aux archives.

— Voyez si le nom de Vanderbild apparait quelque part.

Laroche, lui, contacta les RG et demanda qu'on lui montre toutes les photos faites sur le parvis. Il y en avait une bonne centaine. Vanderbild apparaissait sur plusieurs. On le distinguait, jetant son regard sur quelques personnes bien connues et estimées sur la place de La Rochelle. Laroche en dressa la liste. Et toutes appartenaient à des vieilles familles locales. La vidéo confirmerait cette impression. Non, Vanderbild n'était vraisemblablement pas là par hasard.

Roullin eut lui aussi rapidement sa réponse. Loïc Michel avait trouvé trace de la famille Vanderbild dans ses dossiers. Elle était venue de Hollande et s'était établie ici au début du XVIIIe siècle. Elle y avait armé plusieurs bâtiments. Et avait l'habitude de s'associer avec la famille Guinaudeau. Du moins du vivant du père. Les Vanderbild n'avaient pas souhaité poursuivre cette relation avec le fils Nicolas. Une note confidentielle retrouvée dans les archives mentionnait « des doutes sur les capacités de gestionnaire du sieur Guinaudeau fils ». Ce qui pouvait expliquer le fait qu'il ne trouve pas localement de partenaire financier pour l'expédition de la « Reine de Guinée », l'obligeant à aller emprunter sur la place de Paris.

Loïc Michel montra à Roullin les bilans de quelques belles expéditions faites par les deux familles dans les années 1750 et 1760, qui dégageaient de substantiels bénéfices. Et puis, il y avait aussi cet oncle qui était propriétaire de l'exploitation sucrière.

— Là aussi, je retrouve dans une lettre mention du fait que le Vanderbild armateur conseillait à Vanderbild exploitant « agricole » de ne pas acheter de nègres à « l'expédition Guinaudeau ». Comme si il y avait un réel litige entre les deux familles.

Une question vint à l'esprit de Roullin. Il en parla à son supérieur.

— Pourquoi Vanderbild n'a-t-il pas plutôt assisté aux obsèques de Guinaudeau, le descendant de l'armateur, plutôt qu'à celles de Delannoy ?

La foule avait envahi les quais de la Rochelle. Laroche et Roullin décidèrent d'échapper à cette cohue. Il y avait une réunion à huit courses sur l'hippodrome de Chatellaillon. Ils avaient envie de sortir des murs de la ville.

– XXXV –

Mercredi 6 août.

Agnès Delannoy put enfin sortir de l'hôpital et regagner son domicile. À la condition expresse qu'elle n'expose pas son visage aux rayons du soleil, ses brûlures n'étant pas encore tout à fait cicatrisées. C'est à cet instant seulement que son esprit intégra le fait que son mari Charles-Edmond avait été inhumé la veille. Lui restaient les obsèques de ses deux amants Jean-Philippe Guinaudeau et Philippe Barraud. Amant n'était peut-être pas le mot qui convenait le mieux. Aventure de passage correspondait sans doute plus à la réalité. Et donc ça n'était pas suffisant pour qu'elle daigne s'y précipiter. De toute façon, elle n'avait aucune envie de sortir.

Dans les locaux de la PJ, rue Léonce-Vieljeux, le commissaire Laroche attendait Vanderbild. Il avait presque une heure de retard sur l'horaire du rendez-vous. On lui passa une communication d'Agnès Delannoy. Elle voulait l'informer de sa sortie, ou de son retour chez elle et surtout tout savoir sur les avancées de l'enquête. Laroche ne put lui donner satisfaction. Lui expliqua que l'affaire était très vraisemblablement liée à une expédition maritime et commerciale remontant à 1784 et 1785, mais que ses flics et les archivistes cherchaient toujours quel pouvait en être le mobile exact.

Vanderbild n'était toujours pas arrivé. Laroche fulminait. Il aurait dû l'amener à son bureau hier soir. Ce mec avait forcément quelque chose à se reprocher et il venait de lui filer entre les doigts. Il avait sans doute regagné la capitale et allait s'y cacher.

— Patron, on nous attend au commissariat central.

Le lieutenant Roullin aurait couru un cent dix mètres haies qu'il n'aurait pas été plus essoufflé. Il venait de grimper à l'étage en sautant les marches trois par trois.

— C'est les RG, commissaire, ils veulent nous voir tout de suite. Extrêmement urgent, qu'ils m'ont dit.

Le patron du renseignement départemental accueillit ses deux collègues.

— Je vous préviens vous n'allez pas être déçus. On a à nouveau regardé les images de la vidéo de mardi après-midi sur le parvis de la cathédrale.

Il cala le document à treize minutes et fit ralentir l'image.

— Regardez commissaire, sur la droite, on voit Vanderbild qui observe la scène de l'arrivée du cercueil. Et puis là, quinze secondes plus tard, cet homme vêtu d'un tee-shirt. Il s'approche de lui. Regardez bien. Et le mec s'en va aussitôt. Il disparaît du champ de la caméra.

Pierre Laroche pensait la même chose que le commandant des RG.

— Ne me dis pas qu'on nous a fait le coup du parapluie bulgare en terre rochelaise quand même !

— Du parapluie sans doute pas. Mais regardez commissaire, quand on zoome à fond. Il tient un objet et le passe dans le dos de Vanderbild, qu'on voit faire une petite grimace.

— Pourtant, ensuite, il a eu un comportement normal. Nous l'avons quitté une heure et demie après ces images. Il ne manifestait pas le moindre signe de quoi que ce soit.

Roullin poursuivit la conversation.

— À ce détail près, patron, que vous l'avez convoqué ce matin et qu'on l'attend encore. Je file aux urgences de l'hôpital.

Avec un peu de chance, d'autres caméras de surveillance du quartier avaient peut-être repéré l'individu. La brigade de sûreté urbaine se chargea rapidement de tout éplucher.

En voyant la photo que lui présentait le lieutenant, le médecin-chef des urgences n'hésita pas une seconde.

— Ça pour l'avoir vu, je l'ai vu. Lui, en revanche, non. Il a été admis ce matin à sept heures trente. Transporté par les pompiers. Nous l'avons dirigé vers la cardio. Son cœur avait tendance à s'emballer, limite perte de connaissance. J'ai rarement vu ça. Et mon collègue à l'étage au-dessus pas plus. Ne me demandez pas si vous pouvez l'interroger. Ce ne sera pas possible avant la fin de la journée, il doit faire plusieurs examens.

Roullin appela ensuite les pompiers.

— Il a été pris en charge à l'hôtel Ambiance face à la gare. Appel à six heures cinquante-sept ce matin. Le Samu l'a médicalisé sur place avant qu'on l'emmène au centre hospitalier. Je n'en sais pas plus.

— Et vous l'avez trouvé dans sa chambre ?

— Non, apparemment, il venait de prendre son petit-déjeuner. Il était dans le hall. Ce qui fait que nous avons été prévenus tout de suite.

— Vous pensez que ça l'a sauvé ?

— Y'a que les médecins qui pourront vous le dire.

Les images de la vidéosurveillance de la ville avaient vite rendu leur verdict. Le commandant Rénier, de la BSU, informa rapidement Laroche qu'on avait repéré l'individu dans la rue du Palais. On perdait ensuite sa trace quelques instants après à la tour de l'Horloge. Mais il réapparaissait une demi-heure plus tard. À la gare, où on le voyait monter dans le TGV pour Paris dont le départ était prévu à 16 h 40.

— Tu peux me montrer les images du TGV arrivé en fin de matinée mardi. Vanderbild était dedans. On ne sait jamais.

— Il faut qu'on aille à la gare pour ça. On ne les a pas ici.

Le train de 11 h 45 était bondé ce matin-là. Dix minutes que les deux policiers scrutaient les images de vacanciers chargés de valises.

— Là, commissaire ! Regardez ! On voit Vanderbild descendre de la dernière voiture du train.

Le responsable de la gare qui les accompagnait fit savoir qu'il s'agissait de la voiture 12. De la première classe. Quelques secondes plus tard, c'est l'individu recherché qu'on voyait poser le pied sur le quai.

— Vous ne remarquez rien commissaire ?

— Si. Il n'a pas de bagage. Le genre « je fais l'aller et retour dans la journée ». Bon, je crois que là, je vais être obligé de faire un peu de rangement dans ma tête parce que je vais finir par ne plus rien y comprendre.

— En informatique, on appelle ça défragmentation du disque, commissaire.

— T'appelles ça comme tu veux, ce que j'aimerais, c'est avoir un résultat rapide.

En fin d'après-midi, le lieutenant Roullin était repassé au centre hospitalier voir les médecins. Les examens pratiqués sur Max Vanderbild avaient mis en évidence la présence d'une substance toxique extraite d'une plante. Aussitôt après, il était planté dans le bureau de Laroche pour y faire son rapport.

— Les analyses ont relevé la présence en assez forte quantité de cardio-tonique, extrait d'une plante utilisée dès le XVIe siècle : la digitale. Elle aurait été utilisée de manière plus maîtrisée à partir du XVIIIe siècle. Suivez mon regard. D'après le toubib, à l'époque elle a provoqué beaucoup de décès parce que les apothicaires ne savaient pas bien la doser. Aujourd'hui, l'industrie pharmaceutique l'utilise toujours. Je vous passe les détails techniques, mais sachez qu'elle soigne des insuffisances cardiaques et que sa culture est très organisée, en France et en Hollande.

— Donc, ce que tu me dis-là, c'est que Max Vanderbild pourrait avoir reçu une injection surdosée de ce produit, qui n'aurait pas agi tout de suite.

— C'est exactement ce que pense le cardiologue. Que Vanderbild n'ayant vraisemblablement pas de problème cardiaque particulier, l'effet aurait été différé.

— Et bien tu vois gamin que, finalement, cette enquête avance à belles enjambées. Bon demain matin, on met le paquet pour identifier ce piqueur mondain. Allez viens, je t'invite à dîner. Un petit restau rue Saint-Jean-du-Pérot nous attend. Je vais te faire découvrir un truc qui tue et un petit vin du pays charentais qui déchire.

— Euh, vous vous entendez parler commissaire, là ?

— Oui, et quoi ? J'ai pas le droit moi non plus !

– XXXVI –

Jeudi 7 août

Laroche et Roullin ne s'étaient pas contentés du restaurant. La soirée s'était prolongée dans quelques bars que le « gamin » avait fait découvrir à son patron. Aussi, ce matin avait-il vraiment besoin de ce que le commandant Rénier avait appelé une « défragmentation » du cerveau.

— Tu sais ce que ça veut dire, toi.

— Ça veut dire que votre cerveau range de façon bien ordonnée tous vos petits dossiers. Ainsi, ça fait de la place ailleurs dans votre tête. Et on peut y faire rentrer encore plus de choses.

— Oui, ben pas trop quand même, parce que j'arrive à un âge où les cellules se reproduisent nettement moins bien.

Le commissaire traitait cela sur le ton de l'humour. Ça laissait présager d'une bonne journée. Première mission pour le lieutenant Roullin : aller à la pharmacie de l'hôpital pour en savoir plus sur les conditions de délivrance des produits à base de digitale. Ensuite, appeler Loïc Michel, l'archiviste, pour savoir si on trouvait trace de cette plante dans les documents d'expéditions.

Laroche mit les autres équipes sur le reste de l'enquête. On cherchait toujours l'agresseur d'Agnès Delannoy. Et puis il fallait poursuivre les recherches pour dénicher toute la symbolique qu'il y avait derrière les trois meurtres à la tête coupée.

— Marie, tu ne sais pas quoi faire, ce matin ?

— Non, patron, vous voyez bien que c'est pour ça que je fais des réussites dans mon bureau, lui répondit un brin agacée la technicienne de l'identité judiciaire.

— D'accord, j'ai mal formulé ma question. Je reprends : « Marie, si tu as un moment de libre ce matin, pourrais-tu te plonger dans le registre du musée qu'on a pris chez Delannoy ? »

— Dit comme ça, c'est possible commissaire.

Le registre faisait une centaine de pages. Marie enfila des gants de protection, par précaution. Il s'agissait en fait d'une copie. Ancienne, mais une copie quand même. Et l'original ne devait pas être très loin. Roullin étant devenu le spécialiste des vieux documents à la PJ, un peu contre son gré il faut le reconnaître, fût appelé à la rescousse.

Et c'est donc Loïc Michel qui se chargea du boulot. Oui, l'original de ce registre comptable de la famille Guinaudeau était bien aux archives départementales. Il se mit aussitôt à le décortiquer, car lui pourrait sans doute y trouver ce qu'un non spécialiste ne verrait sans doute pas. Marie en fût soulagée.

— Voyez patron, je peux retourner à mon jeu de cartes.

Dans l'après-midi, le commissaire et son lieutenant durent se rendre aux archives où Loïc Michel venait de faire une découverte intéressante.

— Je vous montre la délibération des membres de la chambre de commerce en date de la fin 1783. C'était la première réunion après le décès de Monsieur Guinaudeau père. Je vous la lis parce que cette écriture est assez indéchiffrable pour un novice. « Nous, armateurs du port de La Rochelle réunis le 25 novembre de l'an 1783, avons à délibérer sur l'entrée dans nos rangs du sieur Nicolas Guinaudeau, en lieu et place de son père décédé en juin de cette année. Des débats, il ressort que la situation financière de l'armement Guinaudeau n'apporte pas les garanties suffisantes pour y figurer. L'assemblée décide d'autoriser le sieur Nicolas Guinaudeau à présenter à nouveau sa candidature à compter du 1er janvier 1785. La présente mesure n'a pas pour but d'interdire à l'armement susnommé de bénéficier des mesures fiscales mises en place».

— En clair ?

— Une affaire de gros sous. Nicolas Guinaudeau n'est pas autorisé à siéger à la chambre de commerce en lieu et place de son père, sa compagnie d'armement étant dans une situation compliquée côté portefeuille.

— Un armateur fauché ? J'ai du mal à y croire quand même.

— Si je vous montrais tous les échanges entre eux et le ministre des finances du roi, vous verriez qu'ils étaient toujours à se plaindre. Commentaire personnel, aujourd'hui il n'y a plus d'armateurs mais il s'en trouve qui sont toujours à pleurer, sont déjà très riches mais pour qui ça n'est jamais assez.

— Y'a-t-il une raison pour qu'ils se plaignent auprès du roi ?

— En fait, un peu plus tôt dans le siècle, les armateurs avaient été incités par sa Majesté à construire des bateaux qui seraient des auxiliaires de la marine royale et leurs propriétaires rémunérés pour ce service. La paix étant revenue, les armateurs en espéraient des faveurs pour commercer. Mais ça ne s'est pas passé comme ça. A été créée la Compagnie des Indes qui avait le privilège du commerce vers cette partie de l'Asie. Dans le même temps, les navires étrangers ont été autorisés à aborder les ports de nos colonies et à s'y approvisionner. La poule aux œufs d'or attendue n'est jamais venue. Les armateurs ont alors expliqué que la seule façon pour eux de survivre était de pratiquer la traite des noirs. Lisez ce courrier des conseillers de la chambre de commerce !

Loïc Michel mit sous les yeux du commissaire ce document :

« Sous quelque forme qu'on calcule le rapport du jaugeage avec les nègres introduits, il en résulte démonstrativement une perte de plus de la moitié pour les armateurs occasionnée par le changement opéré dans la forme des gratifications.

Ce n'est pas Monseigneur sur le résidu des nègres introduits, mais sur la masse de la traite, ou plutôt même sur la quantité de marchandises embarquées pour former la cargaison qu'il convient d'apprécier la forme des expéditions de la côte d'Afrique, et il est bien malheureux que le succès de ces entreprises ne répondent pas aux attentes des armateurs »

Bon je vous passe les détails ensuite, mais on y parle de douze bateaux négriers de La Rochelle qui ont fait les frais de ces mesures royales.

— Oui, tout ça c'est bien gentil, mais je ne vois pas où on trouverait là-dedans une raison pour qu'il y ait, deux cents ans plus tard, trois morts et deux tentatives de meurtre.

— Vous avez sans doute raison commissaire. Autant les descendances Guinaudeau, Vanderbild et De la Raison tournent autour de l'argent, autant celles de Chargé et Barraud concernent des membres de l'équipage de la Reine de Guinée.

— Il nous faut donc trouver un événement précis qui s'est produit lors de cette expédition. Monsieur Michel, vous allez à nouveau être mis à contribution.

L'archiviste était officiellement investi d'un rôle d'auxiliaire de police et ça n'était pas pour lui déplaire. Il replongea aussitôt dans la grosse pile de dossiers qu'il avait fait amener dans son bureau.

Un point précis intriguait le commissaire. Les trois cadavres à la tête coupée avaient été très vraisemblablement tués par la même personne. Leurs ascendants avaient un lien direct avec l'expédition. Les deux autres pas. Et le mode opératoire était différent. N'y avait-il pas deux personnes différentes ?

Trois morts d'un côté, une tentative de meurtre par empoisonnement et ce que l'on pourrait appeler une tentative d'intimidation pour Agnès Delannoy de l'autre. Il fallait absolument à nouveau interroger cette dernière.

Lorsque le carillon sonna dans la belle demeure du quartier Aufredy, Madame Delannoy n'était pas en capacité de répondre. Elle qui ne sortait pas ne s'était pas préparée à recevoir des visiteurs. Après deux coups de sonnerie, elle se rapprocha enfin de l'interphone et vit dans l'écran de vidéo Laroche qui commençait à s'impatienter.

— Je ne suis pas en mesure de vous recevoir, Monsieur le commissaire. Repassez dans quinze minutes.

— Ouvrez-moi, j'attendrai dans la cour s'il le faut, mais je ne repars pas.

La porte s'ouvrit. Laroche attendit en effet un quart d'heure et comprit pourquoi. Agnès Delannoy avait entouré son visage d'un grand foulard afin de dissimuler au mieux ses blessures et de vastes lunettes de soleil cachaient ses yeux. Il en fut presque attendri de voir cette magnifique femme ainsi touchée dans sa chair.

— Comment allez-vous Agnès ?

Il s'était laissé aller à l'appeler par son prénom.

— Je suis encore fatiguée par les doses de calmants qu'on m'a données à l'hôpital. Je vous fais grâce des autres détails, commissaire. Il y a quand même une bonne nouvelle parmi tout cela. Ma vue n'est pas touchée. Pour mon visage, c'est un long travail qui commence. Le plus dur je crois, en plus d'avoir perdu Charles-Edmond, sera de rester cloîtrée entre ces murs. Je devrai travailler ici et me faire représenter par un de mes collaborateurs lors des audiences. Car il n'est pas question qu'on me voit ainsi. Je vais organiser ma vie en conséquence.

— Je sais, ce n'est pas simple, mais je voudrais que l'on revienne en détail sur votre agression. Que vous me décriviez minutieusement ce qui s'est passé.

— Mais ça s'est passé tellement vite, commissaire. Je l'ai déjà dit. Un individu cagoulé est arrivé derrière moi m'a projeté du liquide au visage et j'ai senti une brûlure.

— Vous souvenez-vous s'il vous a lancé ce liquide ou s'il vous a bloqué la tête pour le faire couler doucement.

— Non, commissaire, quand je me suis retournée, que j'ai été surprise, il me l'a lancé au visage, à une distance d'une cinquantaine de centimètres. Il y avait d'ailleurs des traces sur mes vêtements.

— C'est bien tout le problème Madame Delannoy.

Il venait d'abandonner le « Agnès », ça n'était pas bon signe.

— C'est tout le problème parce qu'il y a deux choses qui clochent. Un, d'après les médecins, vos brûlures, dont je peux comprendre que vous ne me les montriez pas, ont été causées par un liquide qui a coulé doucement sur votre visage depuis le front. Deux, certes il y a des traces sur vos vêtements. Mais nous sommes en été, donc habillés légèrement. Et si vraiment il y avait eu des projections, elles auraient atteint votre peau. Hors, et les médecins me l'ont confirmé, il n'y a aucune trace de brûlure sur cette partie de votre corps. C'est étrange non ? De là à conclure que vous vous êtes automutilée, il n'y a qu'un pas que je ne vais pas avoir de mal à franchir. Sauf si vous êtes capable de me fournir des explications plausibles. Je vous laisse quelques instants pour réfléchir.

Le silence ne dura pas plus d'une minute. Agnès Delannoy enleva ses lunettes de soleil, défît son foulard. Son visage apparût au grand jour.

— Vous êtes redoutable commissaire. Je n'aurais jamais imaginé que cet acide était aussi violent. J'en gardais un vague souvenir de cours de chimie au lycée. Oui, je me suis, comme vous dites, « automutilée ». Je n'ai pas eu à me précipiter sous la douche, puisque précisément je l'ai fait dans la salle de bain. Vous regarderez le carrelage, il en porte quelques traces.

— Peu importe le mode opératoire finalement. Vous avez essayé de nous duper. Maintenant, vous devez nous en donner la raison. Êtes-vous mêlée aux trois meurtres à la tête coupée, oui ou non ? Et si oui, pourquoi et comment ? Ah, j'oubliais un détail. Le registre qu'on vous a remis à l'église : c'était une copie. Il contenait des comptes de la famille Guinaudeau. L'original est aux archives départementales, on est en train de l'éplucher ligne par ligne.

Agnès Delannoy se renferma dans un mutisme complet. Le commissaire Laroche avait des scrupules à lui infliger à nouveau une garde à vue dans les locaux de la PJ car elle avait malgré tout besoin de soins. Elle serait placée sous le contrôle permanent des policiers le temps qu'elle en dise plus. Mais cela se ferait à l'hôpital, l'établissement ayant une chambre pour cela. Un véhicule de police vint la chercher. Deux gardiens se relaieraient devant sa porte au centre hospitalier. Il se faisait déjà tard. On procéderait au premier interrogatoire demain à huit heures. Et tant pis si l'on perdait douze heures de garde à vue. Laroche était persuadé qu'Agnès Delannoy ne tarderait pas à tout déballer.

Personne n'avait eu à se poser la question des obsèques de Jean-Philippe Guinaudeau et Philippe Barraud. Celles du premier furent célébrées dans l'intimité familiale à La Rochelle ce jeudi. Seul un avis de décès fut publié à posteriori dans Sud-Ouest. Philippe Barraud fut, lui, inhumé à Paris le même jour, dans une relative discrétion également. Bonne initiative estima le commissaire Laroche qui n'eut pas à déployer de dispositif spécial à cette occasion.

– XXXVII –

Vendredi 8 août

À huit heures tapantes, le commissaire Laroche et le lieutenant Roullin étaient à l'hôpital. Le gardien de la paix en faction à la porte de la chambre reconvertie en cellule pour gardés à vue les salua distraitement.

Les deux enquêteurs espéraient que la nuit aurait porté conseil à Agnès Delannoy et que l'affaire serait emballée en quelques minutes. Roullin sortit son ordinateur, y connecta sa clé 4G. Il était prêt à prendre une déposition. Des aveux, espérait-il.

Laroche n'avait pas beaucoup dormi de la nuit. Au fil des heures, son optimisme de la veille au soir s'était étiolé. Même avec des preuves sous les yeux toujours en bon état, Agnès Delannoy était sans doute encore capable d'une de ses opérations séduction dont elle avait le secret. Lui-même s'était laissé piéger la veille avec ce « Comment allez-vous Agnès ? ».

Fini la familiarité. Ce matin, le commissaire était décidé à la jouer dans les grandes largeurs. A y aller au bluff si besoin. Ses heures d'insomnie l'avait aidé à préparer son discours, ses questions. Comme précédemment, il avait essayé d'envisager le maximum de réponses. Tel un ordinateur dans lequel on emmagasine des données et qui affiche les résultats en étudiant en une fraction de seconde toutes les solutions possibles.

Le lieutenant Roullin était lui beaucoup plus « zen ». D'abord parce qu'il n'avait pas assisté à l'entretien de la veille. Le matin, avec son patron, il avait pourtant élaboré un scénario. « Dès que tu vois que je suis en difficulté, tu interviens, même si c'est pour poser une question à côté du sujet. L'essentiel est qu'il n'y ait pas de silence pour maintenir une pression permanente et montrer qu'on maîtrise parfaitement le sujet ». L'entretien fut également enregistré.

-Audition de Madame Agnès Delannoy, vendredi 8 août 2014, dans les locaux du centre hospitalier de La Rochelle. Il est huit heures et cinq minutes.

Laroche reprit tous les éléments de la petite discussion de la veille. Il n'était pas le seul à avoir eu des insomnies. La gardée à vue aussi visiblement qui voulait revenir sur ses déclarations.

—Je vous ai expliqué que tous les éléments plaidaient contre vous, lui rétorqua le commissaire.

Nerveusement, il tapotait sur la table de la chambre sur laquelle il avait posé son dossier.

—Madame Delannoy, on va y perdre un temps fou si je vous relis tout. Mais s'il faut le faire, je le ferai. Nous avons encore trente-six heures. Je peux même vous faire confronter au médecin.

—Justement, le problème c'est LE médecin. Je demande à être vu par un autre pour avoir deux avis.

Un autre toubib de garde aux urgences fut appelé, qui confirma le diagnostic du premier. Agnès Delannoy venait d'encaisser un but. Laroche l'entraîna sur le front du registre.

—Redites-nous comment il vous a été remis dans la cathédrale. Si je me souviens bien d'un précédent interrogatoire, vous avez déclaré que cet individu anonyme vous avait dit que ce registre contenait des informations concernant la famille de votre mari. Donc les Chargé. Or, il s'agit de la vulgaire copie d'un registre de comptes de la famille Guinaudeau auquel le public a accès aux archives départementales. Vous parlez d'une confidentialité vous !

— C'est pourtant ce qu'il m'a dit, commissaire.

— Max Vanderbild, ça vous dit quelque chose ?

— Non, rien du tout.

— Ce quadragénaire, donc de la même génération que votre mari et pas beaucoup plus âgé que vous, habite dans le XVIe à Paris. Il est descendant d'une famille d'armateurs de La Rochelle et aujourd'hui vit de ses rentes. Ce qui est bizarre, voyez-vous, c'est qu'il est venu mardi à La Rochelle, tout exprès pour assister aux obsèques de votre mari. Et qu'il lui est arrivé une drôle d'aventure : il a été empoisonné au toni-cardiaque par une piqûre alors qu'il était sur le parvis de la cathédrale, a été hospitalisé dans un état grave mais est aujourd'hui hors de danger.

— Et en quoi suis-je concernée ?

— On va lui demander dès qu'on le pourra pourquoi il est venu tout exprès.

Dans les locaux de la PJ, Marie la technicienne était plongée dans les téléphones portables d'Agnès Delannoy et de Max Vanderbild. Elle en épluchait la liste des contacts. Et s'arrêta net. Elle y trouva deux numéros croisés. Dans le premier un mystérieux MVDB qui n'allait pas le rester longtemps ; dans le second un ADLR.

— Allô commissaire. Sortez de la pièce un instant si vous êtes avec Agnès Delannoy… Dans son portable, il y a un contact MVDB, comme Max Vanderbild. Et figurez-vous que quand je fais ce numéro, ça sonne sur le sien et ça affiche ADLR.

— Pourquoi ADLR ?

— Pour Agnès Delannoy La Rochelle sans doute.

Le commissaire Laroche retourna dans la chambre. Roullin le vit tout sourire.

— Vous ne connaissez peut-être pas Max Vanderbild, mais MVDB si, peut-être ? Et figurez-vous que quand on fait ce numéro sur votre portable, ça s'affiche Agnès Delannoy La Rochelle sur le sien, ou plutôt ADLR, comme un vulgaire nom de code à deux balles.

— Sur Internet, ça vous dirait « niveau de sécurité peu élevé » enchaîna Roullin.

— Eh bien oui, je connais Max Vanderbild. Vous êtes content ?

— Vous le connaissez comme les trois autres ? Je veux dire à lit ouvert ?

— Oui. C'est lui qui m'a accompagné à Boston. Mais ça ne fait pas de lui un coupable, encore une fois.

— Non, mais ça a failli en faire un mort. Et c'est bien là tout le problème. Vous avez failli perdre un carré d'amants. Je vous propose d'en rester là pour l'instant. Nous reviendrons à quatorze heures. Euh, juste un détail avant que nous partions. Pour l'auto-mutilation, vous reconnaissez les faits ?

— Oui, c'est bon, vous pouvez le consigner. Je me suis punie moi-même. Allez, laissez-moi me reposer maintenant.

Vanderbild était bien à Boston en même temps qu'Agnès Delannoy. La compagnie Air France confirma leur présence sur les mêmes vols au début juillet. Il ne pouvait donc être suspecté du meurtre de Charles-Édouard. Pour les deux autres, en revanche, la porte était encore entrouverte. Et puis après tout, n'était-il pas aujourd'hui au nombre des victimes. À ce détail près qu'on avait préféré que son cœur s'arrête plutôt que lui couper la tête.

Laroche et Roullin sautèrent dans la « Mitterrandienne » qui vivait une seconde jeunesse depuis sa sortie du garage. En cette chaude matinée d'août, un déjeuner en terrasse sur le port des Minimes se profilait à l'horizon.

— Patron, on va passer devant les archives départementales, on pourrait peut-être inviter Loïc Michel et passer le chercher.

— Bonne idée gamin, préviens-le de notre arrivée.

Un quart d'heure plus tard, ils débarquaient rue François de Vaux-de-Foletier. L'archiviste était encore plongé dans sa pile de vieux documents.

— Vous n'avez pas de problème avec les vieux papiers ? Moi je ne supporte pas. Un journal vieux de vingt ans et j'éternue. Alors des reliques comme les vôtres !

— Mais commissaire, ce ne sont pas des reliques. Et même si c'en était, vous êtes quand même fichtrement content de les trouver, non ?

— Allez, on vous embarque. Une pause est toujours salutaire.

Loïc Michel s'arrêta net devant la voiture de Laroche et marqua l'étonnement.

— Alors là, commissaire, j'ai lu que le parc automobile de la police nationale était vieillissant, mais je n'imaginais quand même pas qu'il put encore y avoir des CX des années quatre-vingts.

— Voiture personnelle, cher monsieur. À la retraite dans moins de deux mois, comme son patron. Elle aussi aurait mérité d'entrer dans l'ordre national du Mérite pour trente-trois ans de bons et loyaux services à la Nation.

Le parking des Minimes était bondé, comme à l'habitude. Mais quand on affiche « police » sur son pare-soleil, on peut se garer en double file. Il restait une table pour trois au « Mareyeur ». Le patron reconnut le commissaire et leur offrit l'apéritif.

— Si vous ne connaissez pas l'endroit et que vous aimez le poisson, je vous conseille la sole dorée avec ses petits légumes. Sinon faites votre choix, Monsieur Michel.

L'archiviste était impressionné de se retrouver à la table du commissaire dont il lisait le nom dans les journaux depuis bien des années. Le lieutenant Roullin ressentit cette gêne.

— Il ne va pas vous dévorer tout cru. Impressionnant, bougon parfois. Mais vous ne pouvez pas vous imaginer comme on va le regretter.

Laroche ne savait pas s'il devait le prendre comme un élan de sincérité ou comme une boutade. Le patron amena trois verres de chardonnay de Loire. Ils trinquèrent. Laroche lança la discussion.

— Vous savez que c'est la première fois que le service des archives nous aide à ce point dans une enquête. Et vous, Monsieur Michel, vous en êtes devenu le point central.

— C'est que vous m'attribuez une grande responsabilité.

— Ne vous inquiétez-pas, on vous demande juste de chercher l'aiguille dans la botte de foin. Non, sérieusement, votre aide nous est très précieuse. Et mon fidèle second, Roullin, y a même retrouvé le goût de l'Histoire.

Tous trois firent ensuite le point sur l'enquête et le résultat des recherches de l'archiviste.

— Bon pour tout vous dire, on bute à nouveau sur un point. On pensait jusqu'à il y a quelques heures encore qu'Agnès Delannoy figurait au nombre des victimes. Elle vient de nous avouer qu'elle s'est automutilée en s'aspergeant d'acide. Pourquoi ? Mystère pour l'instant. Nous nous retrouvons donc avec trois meurtres et une tentative car on a voulu empoisonner Max Vanderbild. On peut donc vraisemblablement oublier la piste De la Raison, les banquiers qui avaient prêté de l'argent à Guinaudeau. On se retrouve donc avec deux familles d'armateurs ces mêmes Guinaudeau et les Vanderbild, et les descendants du capitaine Chargé et du chirurgien Barraud, deux des employés du premier nommé. Pourquoi n'a-t-on pas voulu réserver le même sort à Max Vanderbild qu'aux trois autres ? C'est l'autre question.

—Je ne vois qu'un point commun pour l'instant commissaire. Je vous en ai parlé en début de semaine. L'histoire de cette belle femme dont on comprend qu'elle a été la maîtresse du capitaine Chargé. Le chirurgien de bord en savait certainement beaucoup plus. Un médecin, ça peut intervenir dans tous les domaines.

— Ah quoi vous pensez Monsieur Michel ?

— Les expéditions étaient longues. Elles duraient beaucoup plus longtemps qu'une grossesse par exemple et peut-être que... mais ça n'est qu'une hypothèse.

— Vous pensez qu'il pourrait y avoir une histoire d'enfant là-dessous ?

— Si je trouve, je vous appelle demain à la première heure. Mais si c'était ça, on ne voit pas ce que Vanderbild vient faire là-dedans.

Le patron amena trois cafés. Les deux flics raccompagnèrent l'archiviste au « bunker » des archives.

– XXXVIII –

Lundi 11 août.

Loïc Michel n'avait pas eu le courage de se pencher vendredi soir dans la lecture du journal intime du chirurgien Barraud retrouvé dans un dossier. Il avait rattrapé son retard dimanche et à la première heure de la matinée ce lundi s'empressa d'appeler Laroche.

Lequel était ravi d'avoir passé le week-end chez des amis à Fouras. Un séjour prévu de longue date qu'il n'aurait pour rien au monde repoussé. Alors, que l'archiviste ne l'ait pas appelé, c'était plutôt bien tombé. Le commissaire n'avait pas pour autant passé une soirée de samedi très éloigné de l'enquête. Ses hôtes et d'autres de leurs invités lui en avaient bien sûr parlé, puisqu'on ne parlait que de ça à La Rochelle. Et le fait qu'elle tourne autour de la traite négrière n'en était que plus énigmatique. Le commissaire, pour les raisons que l'on imagine, n'en avait pas dit plus que ce qu'avaient publié les journaux.

Ce lundi donc, Loïc Michel trouva un commissaire Laroche fort aimable.

—Ah Monsieur Michel. Permettez tout d'abord que je vous appelle Loïc. On ne va pas se donner éternellement du Monsieur. Et vous, vous m'appellerez Laroche. Parce que tout le monde m'appelle Laroche. Personne n'a jamais fait l'effort de se souvenir de mon prénom, qui au passage est Pierre.

—Ça me va. J'aime bien quand c'est moins convenu. Bon, vous vous imaginez bien que je ne vous appelle pas pour vous dire bonjour. Quoique ! Figurez-vous que dans le journal intime, il y a bien un peu de ce que je pensais. On retrouve la femme mystérieuse à plusieurs reprises.

—Et pour les raisons que vous évoquiez vendredi ?

—Pas seulement. Le chirurgien confirme qu'elle ne sortait de la cabine du commandant que deux fois par jour pour une promenade sur le pont. Elle avait quatre négresses à son service. En fait, cette femme était l'épouse répudiée du roi local, dont il s'est ainsi débarrassé. Je vous expliquerai plus tard dans le détail comment. Et il l'a laissée partir à la seule condition qu'elle soit bien traitée, amenée jusqu'en France et qu'elle assure une descendance. Dit autrement, pas sûr qu'elle ait été une maîtresse de cœur pour le capitaine Chargé. La descendance, elle l'a effectivement assurée raconte le chirurgien. Mais pas avec le commandant du navire. Arrivée à La Rochelle, elle a, disons, changé de mains. Pardonnez-moi la trivialité.

— Et ?

— Elle a élu domicile chez Guinaudeau. À qui elle a donné un fils début 1787. Qui a donc été conçu au printemps 1786, deux mois après le retour du bateau.

— Le rôle de Chargé et de Barraud dans tout ça ?

— Barraud raconte que c'est lui qui l'a accouchée, dans le plus grand secret. Chargé, on ne comprend pas très bien son rôle, excepté le fait qu'il l'a ramenée sur son bateau.

— Et Vanderbild ?

— Sur ce point il faut que je poursuive mes recherches.

Roullin entra dans le bureau de son patron, lui mettant devant les yeux le numéro du mensuel « Crimes » en vente dans tous les bons kiosques depuis le matin.

— Commissaire, c'est la gloire. Un dossier de huit pages. Et vous en grande photo. C'est le titre qui va vous faire certainement plaisir. Regardez !

— « La der du commissaire Laroche ». Non mais, ils se prennent pour qui ceux-là ? Ils ne peuvent pas me lâcher un peu. Sinon pour le reste ?

— Vous allez être surpris. Ils ont les photos des têtes. Bon d'accord, elles ont été floutées. Mais quand même, je ne sais pas où ils sont allés les chercher. Comme qui dirait qu'ils ont un indic dans la maison.

— Ou à l'hôpital. T'inquiètes, je les ai pratiqués à Paris et je connais leurs méthodes. Toujours le pied dans la porte pour éviter qu'elle se referme. Je les ai même vus déguisés en croque-mort pour entrer dans les maisons ; en infirmiers pour passer inaperçus dans les hôpitaux. Bon tiens, je vais vous dédicacer cette belle page, comme ça, vous aurez un souvenir de la « der du commissaire Laroche ». Et réunion de tout le monde dans un quart d'heure.

Sur le mur, un véritable arbre pour résumer l'enquête qui finalement n'avançait guère. Le procureur Évron s'en était d'ailleurs inquiété dans un courriel à Laroche : « C'est bien beau de fouiller les archives mais j'ai l'impression que l'enquête policière classique n'avance guère ». Le commissaire partageait un peu son avis. Chercher les causes dans l'Histoire ne faisait pour l'instant guère bouger les choses. On allait donc reprendre l'ensemble point par point. Relire tous les rapports de la police scientifique, analyser dans le détail tous les éléments. Pourtant, un sentiment de découragement commençait à envahir l'équipe.

La bonne nouvelle de la matinée vint de l'hôpital. Vanderbild était en capacité de répondre aux policiers. « Il est solide et revient vraiment de loin » avait fait remarquer le chef du service cardio. Laroche et Roullin filèrent au centre hospitalier. Le malade avait effectivement retrouvé ses esprits.

— Je ne me souviens pas de grand-chose. J'ai déjeuné normalement, je suis allé dans le hall de l'hôtel et ensuite, c'est le trou noir.

— À vrai dire, Monsieur Vanderbild, ce n'est pas ce qui nous intéresse, mais plutôt ce qui s'est passé mardi dernier sur le parvis de la cathédrale. Lorsque vous avez été piqué. Vous vous en souvenez ?

— Oui j'ai senti une piqure dans le cou. Mais j'ai cru que c'était une guêpe. J'ai pris tout de suite un comprimé de desloratadine…

— De quoi ?

— De desloratadine. C'est un anti allergique que j'ai toujours sur moi. Ça m'évite de me retrouver tout gonflé.

— Et il ne s'est rien passé ? Vous n'avez rien ressenti ?

— Non, mais ça me semblait normal. Le soir, j'ai quand même eu un tout petit étourdissement dans la chambre vers vingt-trois heures. Mais j'allais me coucher, donc ça s'est passé.

À vrai dire, les deux policiers n'étaient pas là pour faire un bilan de santé allergique du malade. Leurs préoccupations étaient ailleurs.

— Monsieur Vanderbild, on se demande bien pourquoi vous êtes venu aux obsèques de Charles-Edmond Delannoy ?

— Ça n'est pas vraiment une raison avouable !

— Vous êtes venu pour Agnès, c'est ça. Ne perdez pas votre temps. Pour le voyage à Boston, on est au courant.

— Ah ! Oui, je suis venu pour elle. Mais à mon grand étonnement, je ne l'ai pas vue. Et puis j'ai appris l'agression dont elle a été victime et qui l'empêchait d'être là.

— Agnès Delannoy n'a pas été agressée. Elle s'est automutilée. La raison, nous ne la connaissons pas. Elle n'a pas voulu nous le dire… pour l'instant. En tout cas, ça ne nous dit pas pourquoi on a voulu s'en prendre à votre vie.

— Je ne le sais pas non plus.

Roullin sortit sa tablette. Dans « Mes fichiers » étaient stockées quelques photos et vidéos, qu'il mit sous l'œil de Vanderbild.

— Ce sont des images prises devant la cathédrale, au moment où vous vous faites piquer. Vous connaissez cet individu ?

— Non, rien qui me dise.

— Il est arrivé de Paris par le même TGV que vous et est reparti par celui de 16 h 40, juste après la cérémonie. Pour nous, pas de doute, ce n'est pas un hasard, c'est vous qu'il suivait.

— Non, je vous dis, je ne connais pas ce mec.

Le commissaire Laroche continua à poser ses questions. Max Vanderbild en avait assez. Cela durait depuis plus d'une heure. Il n'attendait qu'une chose : sortir de l'hôpital. C'était prévu pour ce soir. Il allait enfin pouvoir repartir à Paris. L'alerte SMS retentit sur son téléphone. ADLR s'afficha sur l'écran. Discrètement, il le consulta et blêmit. [Ras-le-bol d'être ici. Je rentre à Paris avec toi. Fais-moi signe] s'afficha sur l'écran.

— Un problème ?

— Non, rien de grave !

— Permettez ?

— C'est indiscret !

— Permettez-moi de le consulter, on va gagner du temps… Tiens Agnès Delannoy.

— Comment vous le savez ?

— ADLR, Agnès Delannoy La Rochelle. Et vous, vous êtes MVDB. Max Vanderbild.

— Vous avez tout épluché ?

— On a fait notre boulot.

Subitement, Vanderbild se montra beaucoup plus prolixe sur ses liens avec Agnès Delannoy. Bien sûr qu'ils se connaissaient puisqu'ils voyageaient ensemble. Oui, il savait qu'elle avait aussi d'autres amants. Mais cela ne le dérangeait pas finalement, puisque lui avait fait d'autres rencontres à Paris. Mais Agnès occupait une place privilégiée dans sa vie. D'ailleurs, il la connaissait depuis presque vingt ans.

Laroche poursuivit.

— On ne croit pas à vos premières explications sur votre comportement dans la cathédrale, devant la chapelle des Marins. Nous avons découvert que votre famille et les Guinaudeau avaient un différend commercial sérieux. Peut-être n'est-il pas encore complètement réglé ? Réfléchissez à tout.

Max Vanderbild fut invité par les policiers à ne pas quitter la ville une fois sorti de l'hôpital. Et encore moins à partir avec Agnès Delannoy. Elle aussi devait rester à disposition des enquêteurs jusqu'à nouvel ordre.

– XXXIX –

Mardi 12 août.

Sorti de l'hôpital la veille au soir comme prévu, Max Vanderbild n'avait pas eu à chercher d'hôtel. Un taxi l'avait amené chez Agnès Delannoy. Ils avaient passé la soirée enfermés dans cette grande maison. Elle pour éviter les rayons du soleil. Lui parce que malgré tout de santé encore chancelante, il préférait rester allongé. Il n'y avait pas eu non plus d'ébats amoureux. La conversation s'était cependant prolongée très tard dans la soirée. Lui, cherchant à savoir pourquoi Agnès s'était automutilée. Il n'obtint pas de réponse. Elle, pour préparer une stratégie de défense. L'avocate n'était jamais loin. La nuit, en tout cas semblait avoir porté conseil. Il n'était pas neuf heures que le commissaire Laroche fut invité à venir. Le «couple» avait des révélations à faire. Avant qu'il ne soit trop tard. Avant que les policiers fouillent dans leur passé. De toute façon, il fallait prendre la main.

C'est Agnès qui ouvrit la séance de confession.

— Commissaire, nous souhaitons vous expliquer ce qui, dans cette affaire, peut nous rapprocher. Je connais Max depuis bien longtemps. Celui de notre enfance parisienne.

Max Vanderbild, renfermé sur lui-même ne disait rien. Et finit par sortir de son mutisme.

— Guinaudeau était persuadé que ma famille était à l'origine des déboires des siens à la fin du XVIIIe siècle.

Laroche marqua un temps d'arrêt. Se demandant si l'homme qui était en face de lui avait toute sa capacité de raisonnement. L'affirmation lui sembla fantaisiste.

— Mais ça n'est pas tout, commissaire, reprit Agnès. Il y a, comment dire, un autre personnage qui a fait son entrée en scène : le procureur Évron.

— Comment ça, le procureur Évron ?

— Le procureur Évron est un grand amateur d'art. Il a fait acheter, récemment par un intermédiaire pour passer inaperçu, une œuvre pour un prix de 450.000 euros. Ce tableau avait été mis en vente par Max et provenait de sa collection particulière. Et pour monter à ce prix-là, il devait forcément avoir une belle raison.

— Et je ne vois toujours pas le rapport.

— Guinaudeau a appris que ce tableau avait appartenu à son ancêtre Nicolas. Quand il a vu le prix, il a fulminé.

Max intervint à nouveau.

— Mes ascendants s'étaient… comment dire… payés sur la bête. Les Guinaudeau leur devaient beaucoup d'argent. Alors en plus de leur mettre la tête sous l'eau en faisant en sorte que cette famille perde ses appuis sur la place de La Rochelle, elle s'était également remboursée d'une certaine façon.

Pierre Laroche trouvait l'argumentation plutôt tordue. Vanderbild ne nageait-il pas en plein délire ? Jean-Philippe Guinaudeau avait-il besoin d'argent pour tenter d'en récupérer auprès des Vanderbild qu'il estimait responsables de sa situation actuelle ? Et d'ailleurs, quelle situation ? Ah et puis, cela nous éloignait des trois meurtres car Guinaudeau était mort. Il ne fallait pas l'oublier. Comme Charles-Edmond Delannoy et Philippe Barraud. Le commissaire prit congé emmenant avec lui ses doutes. Max Vanderbild et Agnès Delannoy restèrent dans la grande maison.

— Tu me dois une réponse. Pourquoi t'es-tu jeté cet acide sur le visage ? J'ai besoin de comprendre. De savoir.

— Max ! Le tableau. Celui qui t'appartenait et que le procureur Évron a acheté. Tu l'as bien présent à l'esprit ?

Vanderbild marqua un long temps de réflexion. Oui ce tableau il l'avait bien en tête parce qu'il l'avait vu des dizaines de fois. Il comprit immédiatement que, pourtant, il n'y avait pas porté vraiment attention. L'image précise lui revint comme un flash.

— Agnès ! Bon sang Agnès, comment n'avais-je pu voir que ce portrait de femme, je l'ai eu devant moi pendant des jours. Ne me dis pas que tu t'es défigurée pour ne plus lui ressembler.

— Si, Max. Et on me fait chanter avec ça. C'est l'homme qui m'a remis le registre dans la cathédrale. Il est sans doute derrière tout. La tentative de meurtre sur toi. Et peut-être derrière les trois têtes coupées.

— Mais Agnès, il faut tout de suite prévenir le commissaire.

— Max, c'est une bombe ce truc.

— Qu'est-ce qui te fais dire ça ?

— Parce que Max… je l'ai reconnu.

À l'autre bout de la ville, Loïc Michel, l'archiviste, ne levait pas le nez de ses dossiers. À la recherche du moindre indice sur « la femme », son enfant, sa présence chez Guinaudeau. Le capitaine Chargé n'avait donc jamais été son amant. Il l'avait fait demeurer pendant tout le voyage dans sa cabine pour la protéger. Un fait important était niché dans un bas de page du journal intime du chirurgien Barraud. «27 février 1787. Je suis appelé en urgence chez Nicolas Guinaudeau. Je m'y rends vers dix heures du matin. Il m'attend sur le perron et me conduit immédiatement dans son cabinet de travail. «La femme» est là, allongée, en pleine crise de délire. L'enfant est dans son berceau à quelques mètres. J'essaie de l'apaiser. Elle est en transe, comme envoûtée. Ses yeux sont révulsés, elle respire avec peine et son cœur bat très rapidement. Je prends son pouls, il est à cent-quatre-vingt. Son regard semble m'appeler à l'aide. Dans un sourire crispé, sa tête bascule en arrière. Sa respiration s'affaiblit, son battement de cœur cesse soudainement. L'enfant qui a trois semaines pleure. Nicolas Guinaudeau s'adresse à moi:

« Débrouillez-vous de tout. Je ne veux plus en entendre parler»

Loïc Michel referma le journal intime. «Je ne veux plus en entendre parler». De qui? De la mère, de l'enfant?

– XL –

Mercredi 13 août.

Agnès Delannoy et Max Vanderbild en avaient longuement parlé. Ils ne s'accordaient toujours pas sur le fait de tout dire au commissaire ou pas. Le petit-déjeuner s'était déroulé dans un silence absolu.

— C'est bon, vas-y. Et puis merde, finit par lâcher Agnès. En fait, je m'en fous. Comme je te l'ai écrit dans le SMS, je repars habiter à Paris. Je vais me faire oublier là-bas.

Max augmenta le son de la télé en voyant des images de La Rochelle sur l'écran. Le dossier du jour sur BFM était consacré, dans la léthargie de l'actualité de cette mi-août, aux trois têtes coupées. Heureusement pour lui, le journaliste ne parlait pas de la tentative d'homicide sur sa propre personne. Le procureur Évron apparut dans la lucarne : « L'enquête est au point mort et j'aimerai effectivement qu'elle avance plus vite. Les Rochelais attendent cela. Ils veulent vivre en sécurité ».

Pierre Laroche, devant sa tartine beurrée et son café capsule, n'en croyait pas ses yeux et encore moins ses oreilles. Il avala le tout d'un trait, enfila sa veste, fonça vers la « Mitterrandienne » dont les pneus crissèrent dans le virage à la sortie de la rue. La sonnerie de son téléphone envahit l'habitacle.

— Max Vanderbild. Est-ce qu'on peut vous voir rapidement. Chez Agnès.

— J'arrive.

Pendant qu'il prononçait ce dernier mot, le signal de double appel indiqua que Loïc Michel cherchait à le joindre.

— Que se passe-t-il Loïc ?

— J'ai besoin de vous voir. Je ne veux pas vous en parler au téléphone.

— Décidément.

— Comment ça ?

— Je vais d'abord chez Agnès Delannoy et vous voir ensuite. Ah il veut que ça avance vite le proc'. Je crois que ça bouge.

— Vous aussi, vous l'avez écouté ce matin ?

— Oui et j'ai beaucoup apprécié. À tout à l'heure.

Agnès et Max attendaient Laroche, toujours reclus dans la demeure qu'ils n'avaient pas quittée depuis la veille. Le commissaire eut à peine le temps de s'asseoir que Vanderbild ouvrit la discussion.

— On a deux choses à vous dire.

Agnès le coupa.

—Je crois savoir qui m'a déposé le registre du musée dans la cathédrale. Cet homme me fait chanter. Avec le registre, il y avait une lettre, que j'ai lue et détruite. C'est à cause de lui que je me suis défigurée.

Elle expliqua l'histoire du tableau, la ressemblance. Mais finalement pas qui cette toile représentait, car ni elle, ni Max, ne le savaient. Laroche n'arrivait pas à l'interrompre. Juste pour qu'elle prononce un nom. Lorsqu'elle eut fini de raconter, elle reprit longuement sa respiration et d'un ton grave lui lança :

—Cet homme, commissaire, c'est... quelqu'un qui trouve que l'enquête ne va pas assez vite à son goût, si j'en crois ses interventions à la télévision.

Laroche s'avachît dans le fauteuil le plus proche. Il ne manifesta aucune réaction. Comme abattu.

Aux archives départementales, Loïc Michel avait laissé le journal intime ouvert à la bonne page. Laroche lut. Et relut. Sa question fut brève.

—Et?

—Et j'ai vérifié dans les registres paroissiaux ce matin. Il n'y a pas eu d'enfant Guinaudeau déclaré à cette époque. Nicolas a eu « officiellement » un fils, mais plus tard.

— Dites Loïc, un tableau de la collection Vanderbild qui aurait été vendu aux enchères à Bordeaux. Il représentait une femme. Ça vous dit quelque chose ?

— Non, mais ça n'est pas compliqué de le voir. Il suffit de demander le catalogue de la vente au commissaire-priseur. Attendez, il est peut-être sur Internet.

Quelques instants plus tard, le tableau s'affichait sur l'écran du PC.

— Bon sang Loïc ! Si vous ne la connaissez pas, je vous présente Agnès Delannoy.

— Mais qu'est-ce que vous me racontez commissaire ?

— Cherchez Maître Agnès Delannoy, avocate, sur votre Internet.

Loïc Michel maîtrisait parfaitement l'usage du moteur de recherche. Il mit côte à côte le tableau et la photo qu'il venait de trouver sur le site du cabinet. Lui aussi fut impressionné par la ressemblance.

— Commissaire, et si c'était « la femme ». Celle dont nous cherchons la trace.

— Mais ça ne nous explique pas la ressemblance avec Agnès Delannoy.

Aller interroger le procureur Évron ne s'annonçait pas simple. D'abord parce qu'il fallait que Laroche fasse la demande à sa hiérarchie, qui devrait demander au ministère, lequel solliciterait l'autorisation de la chancellerie et ça redescendrait de l'autre côté de l'échelle. Et surtout ça prendrait du temps. Beaucoup trop pour un flic. Le commissaire était philosophe. Il n'avait plus qu'à aller boire une « mousse ». Mais pas seul. Le lieutenant Roullin ferait un compagnon idéal. Tous les deux s'installèrent quelques minutes après à une terrasse près des tours. Les quais étaient bondés. On faisait la queue devant les bateaux qui emmenaient les touristes vers Fort Boyard. Le glacier d'à-côté faisait son beurre. Le week-end du 15 août, qui marque traditionnellement la fin de la partie haute de la saison, s'annonçait parfait. La maison PJ allait faire relâche. Il restait une journée avant la fête de l'Assomption et le jour férié qui l'accompagne. Et peut-être aurait-on la réponse de la chancellerie pour interroger le procureur Évron.

— Alors commissaire, on a le temps de faire les terrasses plutôt que de courir après les assassins.

Par pur hasard vraisemblablement, le journaliste Philippe Marquet passait par-là. Il y avait un bon bout de temps qu'il n'était pas apparu dans cette affaire.

— Ça tombe bien que je vous rencontre. J'ai cru comprendre qu'il y aurait pu y avoir un quatrième mort. Par empoisonnement celui-là.

—Je vois que vous fréquentez « Huggy les bons tuyaux ».

— Moi, je vous en parle parce que j'ai entendu le procureur dire que l'enquête ne va pas assez vite.

Le journaliste avait pris un air narquois.

— Vous savez Marquet que vous n'êtes peut-être pas au bout de vos surprises. Et qu'on en est à un point où tout le monde apparaît comme suspect. Vous par exemple, il suffit qu'un de vos ancêtres ait été mêlé au commerce triangulaire, et hop, je peux être amené à vous interroger.

—Justement, il faudrait qu'on parle d'un certain Max Vanderbild que nous avons bien failli perdre dans d'atroces conditions. Appelez-moi quand vous voulez, si je peux vous aider à nouveau.

Le journaliste tourna les talons.

– XLI –

Jeudi 14 août.

Philippe Marquet arrivait toujours aux premières heures à sa rédaction. Aux premières heures pour un journaliste, cela signifiait huit heures trente. Immuablement, il ouvrait le paquet de journaux qui avait été posé sur le bureau de la secrétaire par le chauffeur de nuit. Il y avait ce matin-là autre chose. Une enveloppe kraft adressée à son nom, accompagné de la mention « personnel ».

Marquet prit son journal et posa l'enveloppe sur son bureau. Si l'adresse n'était pas écrite en grosses lettres et sortie tout droit d'une imprimante, il aurait sans doute attendu pour l'ouvrir. Mais le fait était assez rare pour qu'il le note. Le pli n'était pas épais. Il en sortit effectivement une seule feuille.

« Monsieur le journaliste, dans quelques heures, quelques jours, des personnalités rochelaises devraient tomber. Tomber parce qu'elles

ont tué. À plusieurs reprises. Et elles avaient de bonnes raisons de le faire. Ne vous laissez pas tromper par la police. Cordialement vôtre».

Le message était pour le moins laconique. Énigmatique surtout. Des personnalités rochelaises, il y en avait des dizaines. Et cette phrase du commissaire, hier soir: «Vous savez Marquet, vous n'êtes peut-être pas au bout de vos surprises». Lui savait, bien sûr, de qui il s'agissait. Et surtout qui, aujourd'hui, pouvait bien en vouloir à Guinaudeau et Vanderbild, aux descendants de Chargé et Barraud. La seule personne qu'il connaissait et qui était au cœur de l'affaire était Agnès Delannoy, qu'il avait croisée parfois au palais. Il prit son courage à deux mains et l'appela.

Mauvaise pioche. Le journaliste fut éconduit. L'avocate, d'ordinaire grandiloquente lorsqu'il s'agissait de communiquer sur son activité professionnelle lui raccrocha au nez à peine avait-il prononcé le mot «enquête».

Le commissaire Laroche avait lui aussi été matinal. La première sonnerie de téléphone le cueillit alors qu'il était encore à la machine à café. C'était Évron, le procureur. De fort mauvaise humeur. On aurait pu l'être à moins.

— La chancellerie m'informe que vous voulez m'interroger dans le cadre de votre enquête. J'espère que vous avez de bonnes raisons. Je suis à votre disposition, dans une demi-heure si vous voulez.

Sans doute pour sacraliser cet interrogatoire, la PJ débarqua en force. Le commissaire Laroche, les lieutenants Roullin, Rémond et Machefer. On ne s'installa pas dans le bureau du procureur mais dans une salle de réunion. Évron tomba des nues lorsque le commissaire l'entreprit sur le tableau acheté 450.000 euros, somme qu'il ne contesta pas, et sur l'acharnement qu'il avait mis à s'en porter acquéreur. Du moins feignit-il la surprise devant les policiers. Car il ne fallut pas plus de trois questions pour que Laroche comprenne que le procureur n'était pas aussi étonné que cela. Ses réponses furent d'ailleurs pour le moins alambiquées. Et puis, il y avait eu cet empressement à vouloir reprendre l'affaire suivie à ses débuts par le substitut Garnier.

L'interrogatoire dévia sur le cas Agnès Delannoy.

— Monsieur le procureur, vous connaissiez forcément ce tableau pour être prêt à y mettre très cher. Et vous savez donc qu'il a une particularité. Qui n'a pas pu vous échapper, vous qui fréquentez parfois les salons rochelais.

—J'y ai mis le prix parce qu'il le valait. C'est tout.

— Ce n'est pas l'avis du commissaire-priseur qui a procédé à la vente. Ça n'est pas une croûte, je vous le concède, car la mise à prix était à 150.000. Mais faire deux fois la culbute quand même.

Le procureur s'installa dans un long silence. Et soudain, sa langue se délia. Juste un peu.

— Oui je voulais absolument ce tableau, que j'ai fait acheter par un intermédiaire.

— Peut-être avez-vous de bonnes raisons ? Quand avez-vous vu Agnès Delannoy la dernière fois ?

Le procureur ne sourcilla pas. Les policiers avaient fait le lien entre la femme du tableau et l'avocate.

—Je ne sais plus !

— Réfléchissez bien. Ça n'était peut-être pas au palais de justice. Quand, je dis vu, ça ne veut pas forcément signifier lui parler. On dit bien « voir ».

— Allez jusqu'au bout de votre pensée commissaire.

— Est-ce vous qui lui avez déposé le paquet avec le registre du musée devant la chapelle des Marins ? Et, si oui, êtes-vous resté dans la cathédrale pour vérifier qu'elle venait bien l'y chercher ?

— Oui !

Le lieutenant Roullin, qui tapait le contenu de l'entretien sur son PC portable, écrivit ce « oui », échangea un regard avec le commissaire et ses mains se levèrent du clavier.

— Vous voulez faire une pause, Monsieur le procureur ?

— Je veux bien. Je voudrais téléphoner au procureur général de la cour d'appel.

— On reprend dans quinze minutes.

L'interrogatoire reprit à l'heure convenue. Les questions de Laroche se firent plus précises.

— Le paquet que vous avez remis à Agnès Delannoy contenait une feuille volante. Pouvez-vous nous expliquer ?

— Il y avait des informations sur ses ancêtres. Les De la Raison.

— Des informations suffisamment importantes pour que vous vous permettiez de la faire chanter je suppose. Avec quelques graves conséquences que vous connaissez. Allez, Monsieur le procureur, l'heure n'est plus au jeu. On vous écoute.

Le procureur ne put garder le silence beaucoup plus longtemps. Il avait vu le tableau sur le catalogue d'enchères environ deux mois avant la vente. Lui aussi avait été frappé par la ressemblance avec Agnès Delannoy. Ce grand amateur d'art avait été subjugué par la beauté de cette personne, comme il l'était par l'avocate rochelaise depuis bien longtemps. Il avait réussi à acquérir le tableau, qu'il gardait précieusement dans le coffre d'une banque. Ensuite, il avait enquêté en utilisant tous les moyens à sa disposition dans le cadre de son activité professionnelle pour essayer de comprendre cette ressemblance. Ces recherches l'avaient conduit à la famille De la Raison par bien des méandres.

Tandis que le commissaire et ses collègues écoutaient presque religieusement les explications du procureur, le lieutenant Alexandre Roullin reçut un SMS : « Besoin vous voir rapidement. Loïc ». Le « gamin » glissa son smartphone sous l'œil de Laroche, qui ne lui dit qu'un mot : « File ! ». Le lieutenant Rémond prit la suite des notes.

Loïc Michel l'archiviste avait continué ses recherches sur le passé du chirurgien Barraud car un détail dans le journal intime l'intriguait. Il se terminait précisément au moment où « la femme » était morte : « Débrouillez-vous de tout, je ne veux plus en entendre parler ». Sa perspicacité avait payé. Il y avait une suite. Et il l'avait trouvée.

— Lis ça Alexandre !

« … Alors que je faisais transporter le corps de « la femme », je me rendis compte qu'elle n'était pas morte. En lui donnant quelques claques sur les joues, ses yeux se mirent à bouger. Sa respiration reprenait doucement, tout comme son cœur recommençait à battre à un rythme normal. Nicolas Guinaudeau avait regagné l'étage de la demeure. Je ne le fis pas prévenir, prenant en compte ce qu'il m'avait dit. Je la fis transporter avec son enfant à mon domicile. Quelques heures plus tard, elle avait entièrement repris vie et semblait n'avoir aucune séquelle. Son malaise présentait les symptômes d'un empoisonnement. J'ai appris qu'il y a deux ans, en 1785, un botaniste et médecin britannique avait découvert les effets d'une substance, la digitaline, issue d'une plante : la digitale. Celle-ci provoque des accélérations du rythme cardiaque, ce qui semble être le cas de cette femme. Qu'elle ait retrouvé ses esprits semble relever du miracle médical».

— Voilà lieutenant, je te fais grâce du reste.

— Mais cela n'explique toujours pas la ressemblance d'une descendante de la famille De la Raison avec cette femme.

—Je te fais grâce du reste pour la partie médicale. Parce qu'il n'y a pas que ça dans ce document.

«Je me retrouve avec femme et enfant à la maison. Je refuse qu'elle sorte pour que Nicolas Guinaudeau ne sache pas qu'elle est encore en vie. Seul le capitaine François Chargé était au courant, espérant que, lui, saurait trouver une solution. Nous sommes tombés d'accord sur le fait qu'elle et son enfant devaient partir de La Rochelle par précaution. Le capitaine a appris que des connaissances aux Vanderbild demeurant à Paris étaient en recherche de personnel de maison à bon compte. Les De la Raison, des banquiers d'affaires, bien connus dans le milieu maritime, en dette avec Nicolas Guinaudeau. Deux semaines plus tard, « la femme » et son enfant ont quitté La Rochelle ».

— Ouaoh, et il y a une suite ?

— Sans doute. Après, ce n'est plus le chirurgien qui parle. Mais voici dans cet autre dossier les archives familiales Vanderbild. Écoute ça : lettre d'Hugues De la Raison à la famille Vanderbild datée de la fin juin 1787.

« Très chers amis, nous vous remercions chaleureusement du présent que vous nous avez fait en mettant à notre disposition celle que nous avons prénommée Hortense et qui s'acquitte parfaitement des tâches ménagères. Nous avons dû cependant lui enlever son enfant qui l'accaparait trop et l'avons confié à une famille de nos amis en mal de maternité. Les Évron-L'Evescaut en sont fort enchantés, d'autant que, comme vous le savez sans doute, les personnes de couleur sont très en vogue à Paris».

— Tu veux dire que c'est la famille Évron qui a élevé le fils Guinaudeau ?

— Oui, et attends un moment. J'ai découvert dans un autre document datant du printemps 1789, qu'Hortense a eu une fille dont le père n'est autre qu'un fils De la Raison. En tous les cas, ils ont eu du courage pour l'époque car cet enfant a été officiellement déclaré. Pourquoi cette information est-elle arrivée jusqu'à La Rochelle ? Mystère.

— Ce qui veut dire qu'Agnès Delannoy est une descendante de cet enfant qui porte le nom de De la Raison. Et que le procureur Évron en est un du premier enfant de « la femme», fils de Nicolas Guinaudeau. Donc Agnès et Évron ont une partie d'ascendance commune.

— Ben voilà.

Roullin avertit aussitôt le commissaire qui n'en laissa rien paraître, faisant savoir au procureur qu'ils se reverraient le lendemain.

Laroche se sentait la tête lourde. De passage à son bureau, il reconstitua sur une feuille une sorte d'arbre pour se remettre les idées bien en place et griffonna quelques notes.

« La femme avait donc eu un garçon de Nicolas Guinaudeau qui, la croyant morte, se désintéressa du nouveau-né. Recueillie par le chirurgien Barraud, elle fut mise à la disposition des banquiers De la Raison à Paris, par l'entremise du capitaine Chargé et de la famille Vanderbild. La famille De la Raison la sépara de son enfant, qu'elle confia aux Évron-l'Evescaut, famille ne pouvant avoir de progéniture. La femme, que l'on appela Hortense, eut ensuite un enfant avec le fils De la Raison. Une fille qui fut officiellement reconnue. Le procureur Évron est donc le descendant d'Hortense via son premier fils. Agnès Delannoy l'est aussi de cette même Hortense par sa fille ».

Le commissaire Laroche referma la chemise mauve posée sur son bureau. C'en était assez pour ce soir. Et son congé du vendredi 15 août venait de s'envoler.

- XLII -

Vendredi 15 août

Laroche ne comprenait toujours pas les articulations de cette affaire. Cette journée se devait bien de commencer par un mot d'excuse à tous ceux qu'il avait privé de week-end. C'est-à-dire les fidèles Roullin, Rémond et Machefer. Le procureur Évron était lui aussi resté à disposition des enquêteurs et Agnès Delannoy, de toute façon, ne sortait pas de chez elle.

Laroche lut sa synthèse de la veille au soir. Mais il manquait toujours le mobile. Et il ne fallait pas ce jour compter sur Loïc Michel, les archives étant fermées.

— Aujourd'hui, premier objectif: faire parler le procureur Évron. Le mettre face à cette vérité que nous avons découverte. C'est un épisode qu'il connait et qui explique son vraisemblable engouement pour le tableau, dont on sait maintenant qu'il représente « la femme », cette si lointaine grand-mère.

Il n'avait échappé à personne qu'Hortense, en 1797 et Max Vanderbild, en 2014, avaient été empoisonnés par la même substance: la digitaline.

—Cela signifie peut-être que celui qui a commis cette tentative ou l'a commanditée a lu le document laissé par le chirurgien Barraud et l'a consulté aux archives.

Roullin ferait regarder lundi matin à la première heure. Rémond enchaîna.

—Patron, je vais relire les trois rapports d'autopsie. Si Delannoy a été retrouvé nu et émasculé, il y a sans doute une raison précise. Si Guinaudeau l'a été nu mais pas émasculé aussi. Et pareil si Barraud a été retrouvé habillé. Et la mise en scène de la troisième tête, près du palais de justice, c'est-à-dire sous les fenêtres du procureur Évron, vous n'y voyez pas un symbole? Tout fonctionne à coups d'indices dans cette enquête. Et je ne vous parle pas des deux premières têtes retrouvées à Chef de Baie, là même où les bateaux étaient à l'ancre avant de prendre la mer.

—Tu as raison, l'interrompit Laroche, il est grand temps d'interroger le proc' afin de faire un premier tri.

—Laroche avait reçu pour instruction de tenir informé le procureur général de la cour d'appel de Poitiers des déclarations d'Évron, dont le patronyme d'usage omettait le « l'Evescaut ». Au récit du commissaire, le procureur ne broncha pas. Comme s'il sentait les deux mâchoires d'un étau se refermer sur lui. Doucement. Quart de tour de vis après quart de tour. Évron comprit rapidement qu'il figurait au nombre des premiers soupçonnés dans cette affaire. Les faits étaient précis.

On venait d'appeler Laroche sur sa messagerie. Le commissaire sortit quelques instants. C'était Philippe Marquet, le journaliste. « Alors, commissaire, on interroge la grosse surprise ? ». Quelqu'un avait encore bavé. Il était au courant pour le proc'. Marquet fonctionnait parfois au sentiment. Il fallait essayer de dégonfler la baudruche pour ne pas faire tout capoter. Le journaliste ne voulut rien savoir. Demain, l'information s'étalerait à la une de Sud—Ouest. Marquet avait certainement beaucoup de billes.

— Avez-vous des déclarations à faire, Monsieur le procureur ?

Laroche avait repris la conversation. Officiellement il ne s'agissait pas d'un interrogatoire. Le magistrat n'était pas en garde à vue. Non, Monsieur Évron n'avait rien de plus à dire. Si ce n'est qu'il n'ignorait rien de son ascendance. Ni de celle d'Agnès Delannoy. Tout juste entrouvrît-t-il la bouche pour reconnaître qu'il s'était livré à une forme de chantage sur elle. Pour quelle raison? Oui, pour quelle raison éprouvait-il le besoin d'en arriver là alors qu'ils étaient finalement de sang un peu mêlé. Le procureur gardait son mystère.

En rentrant à leur bureau, les policiers firent un détour par la cathédrale où l'office de l'Assomption venait de se terminer. L'édifice s'était vidé des fidèles. Le gardien procédait au rangement dans l'autel. Les enquêteurs se firent ouvrir la grille de la chapelle des Marins pour aller voir de plus près les tableaux qui y étaient accrochés. Laroche les scruta un par un pour en observer les détails. Le gardien était sur ses talons. Sur le mur était inscrit : « Regarder mais ne rien toucher». Et il n'y aurait pas de passe-droit, même pour un flic. Il glissa un mot à l'oreille du commissaire.

—Il en manque un !

—Comment ça, il en manque un?

—Il y a un tableau qui a été accroché pendant longtemps et qui aujourd'hui n'y est plus.

—Il est où alors?

—Suivez-moi discrètement.

Les deux hommes se dirigèrent vers le fond de la cathédrale. À gauche, dans la chapelle du Sacré Cœur, le gardien montra une dalle du sol, la souleva. Elle parut étonnamment légère vu sa taille. Elle laissa apparaître un escalier pentu en pierre. Laroche le suivit dans sa descente à travers ce qu'il convenait d'appeler un souterrain. Sur la gauche, le gardien poussa une porte qui s'ouvrit dans un grincement d'enfer. Il y avait là une petite chapelle. Et sur le côté, un tableau.

— Et ce souterrain, il mène où ? demanda Laroche.

— Je vous montrerai après.

— Et pourquoi m'amenez-vous là ?

— Parce que j'ai vu que vous vous intéressiez aux tableaux. Celui-ci a une particularité, qui fait qu'il n'a pas sa place dans la chapelle des Marins.

— Expliquez-vous bon sang.

— Ce n'est pas un ex voto. Il n'y a pas de représentation religieuse. Ni Dieu, ni Jésus, ni la Vierge.

Laroche colla le nez dessus pour en décrypter les détails. Il avait été peint en 1786. Il resta interloqué lorsqu'il découvrit l'inscription sur le bateau. C'était la Reine de Guinée. Dans une tempête. En haut à gauche, en lieu et place d'une figure religieuse, la tête d'une femme. Il n'y avait aucun doute possible. C'était elle. « La femme ». Celle du tableau acquis par Évron. Vraisemblablement l'œuvre du même peintre. Le dessin était identique. Le commissaire se frotta les yeux à deux reprises pour vérifier qu'il n'était pas dans un rêve. Laroche remonta l'escalier pour téléphoner à Marie, la technicienne de l'identité judiciaire. Elle débarqua quinze minutes plus tard avec son équipe. Planta tout le matériel dans la chapelle souterraine. Prit nombre de photos, fit tout ce qui pouvait être fait comme relevés, collecte d'indices. La pièce était passée au crible complet.

Le gardien ne s'attendait pas à un tel déploiement. Plutôt que de le voir rester planté là à les observer, Laroche lui demanda de le conduire au bout du souterrain. Ils cheminèrent sur une longueur qui parut interminable au commissaire. Cent mètres, deux cents peut-être. À la lueur de lampes frontales.

— On est encore loin ?

— Non commissaire, on arrive au bout.

À ce bout où l'on tombait sur un autre escalier. Tout aussi pentu que le premier. Sur la gauche, il y avait un anneau sur lequel le gardien tira doucement.

— Pas vraiment original votre truc, lança Laroche. On trouve ça dans tous les films.

À ce moment, un mécanisme se déverrouilla dans un grand claquement. Une dalle s'entrouvrit. Le gardien la fit légèrement pivoter, laissant Laroche sortir en premier. Les deux se retrouvèrent dans une cour entièrement vide de tout visiteur. Le commissaire reconnut tout de suite l'endroit. S'il n'y avait personne ici aujourd'hui, c'est tout simplement parce que le tribunal de commerce était fermé le 15 août.

— À part vous, qui connait ce passage? s'enquit le commissaire auprès du gardien.

— Pas la moindre idée. Moi, c'est mon prédécesseur qui me l'a montré.

— Et pourquoi avez-vous gardé le silence jusqu'à présent?

— Parce qu'on me l'a demandé!

— Qui «on»?

— Moi, je ne veux pas d'ennuis, vous comprenez! «On», c'est Monseigneur.

Quelques minutes plus tard, c'est Marie qui fit son apparition. On était bien dans la cour de l'ancienne chambre de commerce. À quelques mètres de l'endroit où avait été trouvée la troisième tête.

—Je vais te demander un travail de titan. Vois s'il n'y a pas des empreintes de chaussures dans la terre battue du souterrain. Et fais celles des nôtres pour ne pas nous accuser par la suite.

Le gardien enleva les siennes comme on le lui demandait.

– XLIII –

Lundi 18 août.

Les températures avaient subitement baissé de dix degrés par rapport à la veille. Cette brusque variation était un sujet idéal de conversation pour le serveur du Café de la Paix. Laroche avait décidé d'y retrouver ce « gamin » de Roullin avant de retourner au palais poursuivre la « petite discussion entre gens de bonne compagnie » avec le procureur Évron.

Personne n'était au courant de la découverte du souterrain le vendredi. Le gardien de la cathédrale avait été invité à garder un silence digne du secret de la confession. Laroche n'était pas trop inquiet sur le sujet. L'homme était un ancien militaire qui avait servi dans des unités spéciales. Les secrets, il connaissait.

Le jeune lieutenant arriva un peu en retard. Cinq minutes. Suffisamment pour que le commissaire lui en fasse la remarque. Ce dernier avait lu Sud-Ouest. Sauf les pages Sports qu'il attaquait. Le Stade Rochelais avait gagné la veille un match amical contre Castres.

— Les nouvelles sont bonnes patron ?

— Pas pire que si c'était moins bien !

Une des phrases préférées de Laroche, qui en avait quelques autres au frais.

— Rien sur nos affaires ?

— Non et on dirait que Marquet a renoncé à sortir quoi que ce soit. Je m'attendais à ce qu'il en fasse ses choux gras samedi, comme il me l'avait dit, mais rien. Dimanche, rien. Et ce matin, toujours rien.

— Il a dû y aller au bluff.

— Non, c'est pas le genre. Il a l'info, mais il n'a pas ce qui va avec. Je le connais bien.

Leur café fut vite avalé. Les aiguilles de la pendule tournaient. Le procureur arrivait tôt. Il fallait le cueillir alors qu'il avait les idées bien en place. Les deux téléphones « bipèrent » en même temps. Marie venait de leur envoyer un courriel. Les résultats de ses relevés de vendredi. Elle avait travaillé dessus une bonne partie du week-end. Son rapport était en pièce jointe.

« Nous avons trouvé sur le sol en terre humide deux empreintes de chaussures autres que celles des intervenants sur la scène vendredi matin. L'un de ces empreintes correspond à des chaussures de femme, de pointure trente-neuf; l'autre, des mocassins d'homme de pointure quarante-trois. Elles ont été relevées dans le couloir souterrain sur toute sa longueur et dans la petite chapelle. Des traces de doigts ont été relevées sur le cadre du tableau. Elles ne correspondent à aucune figurant au fichier. Nous avons par ailleurs procédé à une analyse technique du tableau et relevons qu'il présente peu de traces d'humidité alors que cette pièce souterraine en présentait un taux de quatre-vingt-quinze pour cent. Il y a tout lieu de penser que cette toile a été accrochée peu de temps avant la découverte. Une estimation entre quarante-huit et quatre-vingt-seize heures me parait raisonnable.»

— C'est bien intéressant tout cela. Mais en fait pas surprenant pour deux balles.

— Pas trop vite en besogne, petit. Ça me parait même trop beau.

Le procureur Évron attendait les policiers dans son bureau. Il savait que la discussion entreprise vendredi allait se poursuivre. Qu'ils avaient mis le week-end à profit pour fourbir leurs armes. Car il s'agissait bien de cela. Comme si les flics voulaient faire tomber un magistrat. Aussi, le proc' fut-il surpris par la première question du commissaire Laroche. Sa pointure de chaussures? Du quarante-trois. Presque normal pour un homme d'un mètre quatre-vingts. Des mocassins? Oui bien sûr il en porte. D'ailleurs, ce matin...

— Regardez commissaire ! Ce sont des mocassins.

Évron avait posé son pied sur le bureau.

À la demande du commissaire, le lieutenant Roullin les scruta scrupuleusement. Pour voir s'ils ne portaient aucune trace.

— Je pense qu'une petite visite à votre domicile va s'imposer.

— Y êtes-vous autorisé par le procureur général?

— Il nous a donné carte blanche. À condition d'être prévenu. Ce que je vais faire de ce pas.

Marie attendait patiemment devant le domicile du procureur. À leur arrivée, elle se dirigea directement vers le placard à chaussures. Devant les trois hommes, elle procéda à des prélèvements sur quatre paires correspondant au moulage qu'elle avait amené avec elle. Évron resta stoïque. Son visage avait néanmoins blanchi. Marie releva des traces de terre sur l'une d'elles, qu'elle mit sous scellé afin de l'analyser au labo.

— Ce sera tout pour aujourd'hui, Monsieur le procureur.

Pendant ce temps, Rémond et Machefer s'étaient rendus chez Agnès Delannoy. Leur mission : l'empêcher d'avoir un contact avec l'extérieur le temps que le commissaire arrive. Le téléphone d'Agnès sonna. Machefer le lui prit des mains au moment où elle s'apprêtait à refuser l'appel. Ce qui était peut-être un code. Au bout de six sonneries, il bascula sur messagerie. L'appelant ne figurait pas au répertoire.

Laroche, Roullin et Marie arrivèrent précisément à ce moment-là. Machefer tendit le téléphone au commissaire.

— Un numéro inconnu, crut bon de préciser l'enquêteur.

Le commissaire ne partageait pas le même avis.

— Non, pas inconnu du tout. C'est le portable professionnel du procureur Évron. Vraiment un amateur celui-là !

Agnès Delannoy fut soumise aux mêmes questions qu'Évron. Cette histoire de chaussures lui parut rocambolesque. D'autant plus qu'il y avait un gros problème. Elle chaussait du trente-huit et les chaussures trouvées dans son dressing ne correspondaient pas à l'empreinte relevée par Marie.

« Et merde » marmonna Laroche sans desserrer les dents. La technicienne ne partageait pas le même pessimisme.

— Attendez patron. Il faudrait quand même que je vérifie. Quand on chausse du trente-huit, on peut mettre du trente-neuf. Et ce n'est pas parce qu'elle n'a que des pompes de cette pointure-là qu'elle fait du trente-neuf.

Marie, qui avait tout le matériel dans la voiture, fit un moulage du pied d'Agnès Delannoy. Puis fila travailler dans son labo. Rémond et Machefer tinrent compagnie à Agnès le temps qu'arrivent les résultats.

Marie avait vu juste. Le pied était compatible avec le moulage de chaussures. Quant à celles du procureur, on y trouvait bien de la terre du souterrain. Ne restait qu'à faire des empreintes de doigt. Les téléphones d'Agnès et du procureur en portaient des belles. En quelques minutes Marie les isola, les compara. Aucun doute possible. Ils avaient bien eu le tableau entre les mains. Les policiers avaient les protagonistes. Seuls manquaient les mobiles. Avoir une même ascendance ne semblait pas suffisant.

Cette histoire de chantage d'Évron sur Agnès tenait -elle toujours la route ?

À la demande de Roullin, Loïc Michel l'archiviste avait cherché qui avait consulté le dossier du chirurgien Barraud. Qui avait déniché le fait que « la femme » avait été victime d'une tentative d'empoisonnement à la digitaline. Et il avait trouvé.

— J’ai une réponse. Faut que je te voie avec le commissaire.

Le lieutenant avait appris à connaître l’archiviste. Et en langage codé, ça voulait dire « C’est du lourd ».

— Oui commissaire, Alexandre a raison. C’est du lourd, alors prenez un siège.

Sur le PC s’afficha le nom de la personne qui avait fait sortir ce dossier. LE nom parce qu’il n’avait été demandé qu’une fois depuis que le service avait été informatisé. S’afficha la carte 23727. Au nom d’Irène Combe.

— Irène Combe… Irène Combe.

Ce nom, Laroche ne s’en souvenait pas.

— Irène Combe est la conservatrice du musée du Nouveau Monde, commissaire.

- XLIV -

Mardi 19 août

Il ne faisait maintenant plus guère de doute que le meurtrier de Jean-Philippe Guinaudeau avait emprunté le souterrain entre l'ex chambre de commerce et la cathédrale pour y amener sa victime. Et si Charles-Edmond Delannoy avait également « transité » par ce lieu. Et Philippe Barraud également. Après tout, ces trois-là n'avaient-ils pas pour point commun d'avoir été étouffés et eu la tête coupée *post-mortem*. Le commissaire décida d'aller questionner à nouveau le gardien. Le souterrain n'avait peut-être pas livré tous ses secrets. Ne l'avait-on pas vu à la lueur des lampes torches, même si l'identité judiciaire y avait installé un éclairage un peu plus puissant pour pouvoir travailler correctement.

Non le gardien n'avait eu connaissance de rien. Il avait pourtant arpenté le lieu à plusieurs reprises et n'avait rien remarqué.

— Vous n'avez jamais été intrigué par un bruit. Vous qui avez appris dans l'armée à détecter le moindre indice.

— Non, commissaire.

Celui-ci gardait un atout dans son jeu. Depuis quand le gardien connaissait-il l'existence de ce tableau dans le souterrain alors que Marie était formelle. Il n'y avait été accroché que quelques heures auparavant?

Laroche lui intima l'ordre de fermer la cathédrale.

— Mettez une pancarte sur la porte pour annoncer la fermeture pour l'après-midi.

— C'est qu'il y a un office à dix-huit heures.

— Alors écrivez que ça rouvrira à cette heure-là.

Les deux hommes soulevèrent à nouveau la dalle de la chapelle du Sacré Cœur. Descendirent l'escalier. Avant de s'enfoncer dans le souterrain, Laroche appela le commandant Rénier à la BSU.

— Fais venir une dizaine d'hommes dans la cathédrale. Et qu'ils arrivent avec des lampes et des batteries chargées.

— Vous avez découvert des souterrains?

— Tu ne crois pas si bien dire. Et toi aussi, viens. Tu ne vas pas être déçu.

Avant de les entraîner dans le tunnel, Laroche donna ses consignes. Deux fonctionnaires allaient rester près de l'ouverture dans la cathédrale. On n'était jamais assez prudent. Les autres le suivraient. Objectif, toucher toutes les pierres et vérifier tout objet affleurant. La troupe avança tout doucement dans ce réduit, derrière le gardien. Rien sur les parois ni au plafond. On passa devant la petite chapelle au tableau.

— Vous venez ici souvent? demanda le commissaire à l'employé de l'évêché.

— Non, je n'y étais venu qu'une fois avant la semaine dernière.

— Ça signifie que si le tableau de la Reine de Guinée avait été emmené pendant quelques temps, vous ne vous en seriez pas rendu compte?

— Sans doute.

Laroche sortit deux paires de gants de sa poche, en tendit une au commandant Rénier. Les deux hommes décrochèrent le tableau. Le crochet était d'une taille respectable. Le commissaire tira un coup sec dessus. Le bruit fut identique à celui qui déclencha l'ouverture de la trappe côté tribunal. Une pierre sortit de quelques centimètres du mur. Laroche l'enleva complètement. Au fond, il y avait une poignée qu'il tourna. Il eut soudain le sentiment de jouer les Indiana Jones à la rochelaise avec un peu de Da Vinci Code. Bien que l'affaire fut sérieuse. On nageait en plein délire. Leur regard s'ouvrit sur une deuxième pièce. Deux mètres sur trois environ. Et un sol en sable. Le détail n'échappa pas au commissaire.

— Personne ne rentre là-dedans, hurla Laroche.

Marie fut à nouveau mise à contribution. Avec le parfait outillage du jardinier, elle préleva du sable et mesura l'épaisseur de la couche. Cinq centimètres, pas plus.

— Et au-dessous ?

— De la terre bien sûr.

— Alors dis-moi pourquoi on a amené du sable ?

Marie et ses collègues déblayèrent rapidement sur environ un mètre carré. Rouge. La terre était rouge. Elle procéda à un prélèvement. Le sac fut rapidement emmené au labo.

— On aura le résultat quand ?

— Dans une heure. Pas besoin d'ADN maintenant. Nous possédons toutes les caractéristiques du sang de Delannoy. On pourra comparer.

— Pourquoi tu me parles de lui ?

Marie en avait parlé parce que, comme le commissaire, elle savait pertinemment que cela pouvait être l'endroit où ce cher Charles-Edmond avait été tué et décapité avant d'être nuitamment conduit aux Minimes pour y remplir une armoire enterrée pour fibre optique. Et tous deux avaient mis dans le mille. Le résultat du laboratoire dépassa toutes leurs espérances. En fait, dans cet échantillon de sable, on isola deux types sanguins : celui de Delannoy, mais aussi celui de Jean-Philippe Guinaudeau.

— Commissaire, ça signifie que ce sont les têtes qui ont été entreposées ici. Et pas que Delannoy y a été tué.

— Alors continue de chercher si on ne trouve pas non plus du sang de Barraud.

Laroche était pour le moins énervé, bien que l'enquête prenne un tournant décisif. Marie gratta le sable sur l'ensemble de la surface de la pièce. Dans un coin, il y avait effectivement d'autres traces de sang. Une heure plus tard, on apprit qu'il s'agissait effectivement de celui de la troisième victime.

Sous l'œil du commandant Rénier, on remit tout en place. Le sable fut bien étalé. La pierre retrouva sa place. Le tableau pendit à nouveau au mur.

Ce mardi s'achevait dans une ambiance beaucoup plus légère. Laroche amena quelques bouteilles de crémant au bureau.

— Pour le champagne, il vous faudra attendre que l'enquête soit terminée.

- XLV -

Mercredi 20 août.

Irène Combe était toujours matinale. Tout comme le procureur Évron faisait l'ouverture du palais de justice, elle faisait celle du musée. Ce matin-là pourtant, d'autres étaient arrivés avant elle. Quand il la vit franchir le portail bleu du musée, l'agent de sécurité – celui qui réellement arrivait en premier pour désactiver toutes les alarmes – vint à sa rencontre.

— Deux policiers vous attendent. Vous les trouverez à l'étage.

Laroche et Roullin étaient revenus scruter le lieu où avait été découvert Philippe Barraud. À l'heure où le musée a encore portes closes. L'endroit avait été soigneusement nettoyé et le registre emprunté sur le bureau avait été remplacé par un autre, sans doute sorti du grenier.

Irène Combe entra d'un pas précipité dans la pièce, s'inquiétant auprès des deux policiers des raisons de leur venue de si bon matin.

— Juste quelques points à vérifier, se justifia Laroche. Mais on avait besoin d'une bonne heure. On voulait le faire en l'absence du public. Et on a quelques questions à vous poser Madame Combe.

— On serait peut-être mieux dans mon bureau, proposa la conservatrice.

— N'y a-t-il pas trois fauteuils ici, rétorqua le commissaire.

— C'est que, normalement, on ne touche pas le mobilier.

— On fera une exception. C'est quand même mieux de se retrouver dans l'environnement.

Irène Combe n'avait pas le choix et accepta à contrecœur. Les policiers remarquèrent combien cette situation avait l'air de la gêner.

De banalités sur la façon dont les traces de sang avaient été nettoyées, la discussion dériva rapidement sur les archives.

— Je ne savais pas que vous déteniez ici des pièces d'archives.

— Elles nous sont prêtées par le service de la Ville. Après tout, nous sommes de la même maison.

Laroche voulait aller frapper droit au but.

— Vous fréquentez les archives départementales ?

— Oh très peu, répondit Irène Combe avec aplomb.

— Longtemps que vous y êtes allée ?

— Environ deux ou trois ans.

— Vous vous intéressez à la botanique ?

— C'est quoi toutes ces questions commissaire ? Les archives, la botanique. Vous voulez connaître mes recettes préférées ?

Le commissaire la remit gentiment en place.

— Pourquoi vous mentez-nous pour les archives ? Vous êtes allé aux archives le 27 mai. Et vous n'y avez consulté qu'un dossier. C'est bien ça ?

— Oui bien sûr que c'est ça. Est-ce que ça fait de moi une suspecte ? Même si deux mois plus tard, on a retrouvé un mort dans mon musée !

— Tout pourrait être simple si le mort n'avait un rapport avec le dossier que vous avez consulté.

— Un hasard !

— Et la digitale, ça vous dit quelque chose ? Et la substance qui en est extraite, la digitaline ?

— Non, je ne vois pas.

— C'est étonnant, parce que vous faites sortir un dossier où elle est mentionnée et hop ! Nous, on a deux affaires où cette plante est en cause.

— Vous avez deux morts supplémentaires ?

— On a deux tentatives. Une en 1787 et l'autre en 2014. Comme vous le disiez tout à l'heure, un vrai hasard ! Or pour nous, ce n'est pas un hasard. Vous consultez le journal intime du chirurgien Jean Barraud aux archives en mai et son descendant Philippe est retrouvé mort ici fin juillet. Ce journal mentionne les particularités tonicardiaques d'une substance, découvertes en 1785, et début août 2014, Max Vanderbild est victime d'une tentative d'empoisonnement avec cette même digitaline. Irène Combe, je suis dans l'obligation de vous placer en garde à vue, par simple mesure de protection pour votre personne.

Il était neuf heures, la conservatrice fut emmenée dans la voiture de police sous le regard médusé des personnels du musée qui arrivaient.

Il était également temps de passer à la vitesse supérieure avec Évron et Agnès Delannoy. Laroche informa le procureur général des avancées de l'enquête. Celles de la veille dans le souterrain et la garde à vue d'Irène Combe. Le temps du grand déballage était arrivé.

Le lieutenant Roullin fit amener Agnès Delannoy à l'intérieur de la cathédrale. Le gardien de l'édifice religieux ouvrit la trappe. Tous les trois descendirent l'escalier pentu, arpentèrent le tunnel. Sans s'arrêter devant la chapelle. Agnès Delannoy jeta cependant un regard prononcé vers la porte. Puis le trio poursuivit jusqu'au pied de l'autre escalier. Le gardien tira sur l'anneau, le mécanisme se déclencha, la trappe s'ouvrit.

— À vous l'honneur, lança le lieutenant à Agnès.

Celle-ci souleva l'autre trappe.

Évron et Laroche attendaient à l'autre bout depuis quelques minutes. Le procureur entendit le claquement, vit une dalle se soulever légèrement. Puis complètement. Agnès se trouvait nez à nez avec lui.

Agnès Delannoy, le procureur Évron, Irène Combe. Trois notables en garde à vue. Trois meurtres. « La femme » n'avait pas encore dévoilé tous ses mystères.

La nouvelle fit rapidement le tour de la ville, y créant un certain émoi. Elle arriva donc aux oreilles de Philippe Marquet, le journaliste. Qui n'avait pas oublié la lettre anonyme reçue quelques jours plus tôt. « Dans quelques heures, des personnalités rochelaises devraient tomber. Tomber parce qu'elles ont tué ».

Philippe Marquet n'aimait pas ce genre de prémonition qui sentait le téléguidé. C'était trop facile. Il ne regrettait pas d'avoir tu l'information qui concernait l'interrogatoire du procureur Évron. La proie était sans doute trop facile. Et Agnès Delannoy? Et Irène Combe?

Toujours logé sous le toit d'Agnès, Max Vanderbild comptait les heures. Il aurait aimé que la police l'autorise à partir. À regagner Paris. Et s'il profitait de la garde à vue. Il pianota sur le site internet de la SNCF. Il restait quelques places dans le TGV de 16 h 40. Il détenait le précieux sésame.

Le téléphone du lieutenant Roullin sonna. Il déboula aussitôt dans le bureau du commissaire.

— Patron, c'est l'office de surveillance bancaire. Vanderbild vient de faire un paiement sur le site de la SNCF.

— On fonce à la gare !

– XLVI –

Jeudi 21 août.

Max Vanderbild avait été cueilli par les hommes de la PJ la veille alors qu'il s'apprêtait à partir pour Paris. Il avait rejoint les autres gardés à vue. Ou presque. Les locaux de la rue Léonce-Vieljeux ne comptaient pas assez de cellules. Lui et le procureur Évron furent conduits au commissariat central. Ce qui amusa bien les hommes en bleu. Le commandant Rénier dut d'ailleurs intervenir pour que cessent les quolibets. Le sourire en coin, beaucoup se demandaient « si le procureur allait le relâcher, celui-là ». Il n'eut pas de traitement de faveur. Une garde à vue était une garde à vue.

C'est donc un homme quelque peu fatigué qui fut ramené le matin dans les locaux de la PJ. Tout avait été fait pour que les quatre ne puissent se rencontrer. Et ça n'était pas facile en raison de l'exiguïté des locaux.

Irène Combe était vraisemblablement la plus fragile. Le procureur Évron et l'avocate Agnès

Delannoy étaient habitués des arcanes de la police et de la justice. Mais Irène, non. Quant à Max Vanderbild, on s'occuperait de son cas ensuite.

— Madame Combe, expliquez-moi le pourquoi de vos recherches aux archives dans le journal de Jean Barraud. Connaissez-vous les trois autres gardés à vue ?

La gêne envahit son visage qui devint rouge écarlate. Elle venait d'hameçonner. Irène Combe s'apprêtait à parler.

— J'en connais un.

Laroche attendait qu'elle donne le nom sans avoir à lui demander.

— Max Vanderbild.

— Quels sont vos liens avec lui ?

— Max est… Max est mon frère. Je suis née Irène Vanderbild.

Laroche eut un moment d'effarement. Comme en ont ceux qui viennent de commettre une erreur de débutant. Il n'avait pas un instant pensé à se renseigner sur l'état civil d'Irène Combe.

— Donc ?

— Donc, je suis allé aux archives à sa demande. Max travaille sur l'histoire de notre famille.

— Mais ça n'explique pas pourquoi on a voulu l'empoisonner.

Irène Combe craqua.

— On n'a pas voulu l'empoisonner. Il a mis en application ce que j'ai découvert dans le journal du chirurgien Barraud. Bien dosée, la digitaline se contrôle. Mais ce dosage est très pointu et il l'a trouvé. Avec l'aide d'un ami pharmacien à Paris.

Laroche mit une photo sous les yeux d'Irène, déconfite et en pleurs. Celle de la vidéosurveillance de la gare, le 5 août, après-midi.

— Vous le connaissez celui-là ?

— C'est... le pharmacien.

Le commissaire avait de plus en plus de mal à cerner la personnalité de Max Vanderbild.

— Sans doute a-t-il des choses à vous dire ! lui avait seulement dit Irène Combe qui avait décidé d'en rester là. Elle aurait pourtant à apporter des éclaircissements sur le fait que Philippe Barraud avait été retrouvé au musée. Son frère aurait-il poussé le vice jusqu'à l'impliquer de la sorte ? Laroche ne voulait y croire. Roullin pendant ce temps prenait en charge l'interrogatoire du procureur Évron et d'Agnès Delannoy. Le commissaire se réservait celui de Vanderbild. Il fallait reprendre son emploi du temps depuis la disparition de Charles-Edmond Delannoy, jusqu'au samedi où a été découvert Barraud. Et lui parler des têtes, dont on sait qu'elles ont séjourné dans la petite chapelle, derrière le tableau de la Reine de Guinée où l'on aperçoit «La femme». Max Vanderbild était avec Agnès Delannoy à Boston quand le premier meurtre avait été commis. Et s'il n'y était pas vraiment. Et puis le souterrain. Qui en connaissait les accès? L'évêque et le gardien de la cathédrale, sûr. Évron et Agnès Delannoy, également. Où le procureur avait-il trouvé le registre du musée? Était-il allé le chercher lui-même sur les lieux du crime? Laroche avait envie de se frapper la tête contre les murs. Max Vanderbild fut amené dans son bureau.

Le commissaire pensait avoir tout verrouillé. La police de l'air et des frontières confirma rapidement qu'il n'était pas rentré prématurément sur le territoire en passant par un poste frontière de l'espace Schengen. Toutes les hypothèses imaginées par Laroche tombaient à l'eau. Par recoupement le policier comprit cependant que Vanderbild connaissait bien La Rochelle, lui qui avait toujours affirmé ne pas connaître la ville. Et qu'il y séjournait souvent. Il y avait même un pied-à-terre, loué par son ami pharmacien. Et sa sœur n'y habitait-elle pas? Des zones d'ombre subsistaient cependant dans sa vie. Laroche était frappé par le niveau de préparation de toute cette opération. Il fallait impérativement aller jeter un œil dans cet appartement et chez Irène.

Un long défilé de voitures toutes sirènes hurlantes quitta la rue Léonce-Vieljeux pour la rue Saint-Claude. C'est là, dans un petit immeuble ancien, que le pharmacien louait un deux pièces. Laroche et Roullin y entrèrent grâce à l'intervention d'un serrurier. Le mobilier était très spartiate. La pièce de réception était rangée. Peut-être trop d'ailleurs. Les deux policiers poussèrent la porte de la chambre. Ça n'en était d'ailleurs pas une. En son centre, un bureau, un ordinateur. Pas de lit. Le mur était recouvert de représentations de bateaux à voile. Du XVIIIe siècle. Pas un hasard. Au beau milieu, ce qui ressemblait à un arbre généalogique. Tout en haut, une photocopie du tableau à 450.000 euros que Vanderbild avait vendu. L'arbre s'écoulait. On y trouvait les noms de Guinaudeau, De la Raison, Évron-l'Evescaut. Juste à côté, cinq photos. Trois étaient rayées de feutre rouge : Charles-Edmond Delannoy, Jean-Philippe Guinaudeau, Philippe Barraud. Deux ne l'étaient pas… sans doute pas encore ! Celles d'Agnès Delannoy et du procureur Évron. Sur une étagère étaient rangés de nombreux livres et documents concernant la traite négrière à La Rochelle, Nantes, Bordeaux, Le Havre ou Calais. Les scellés furent posés sur la porte. Marie et son équipe passeraient tout à l'heure.

Le convoi se dirigea ensuite vers l'appartement d'Irène Combe. Rue Admyrauld, à deux pas du tribunal de commerce. L'endroit semblait figé. Dans la salle de bain, un détail retint l'œil du commissaire : le rasoir, la mousse à raser. Irène Combe n'y vivait pas seule. Les policiers fouillèrent tout. Dans le moindre recoin. Roullin fut intrigué par une cantine militaire, dans le placard de la chambre.

— Patron, venez vite voir.

Elle contenait divers objets dont la provenance était une évidence : l'Afrique. Précautionneusement, le lieutenant sortit ce qui semblait n'être pas de première jeunesse. Des produits de l'artisanat local. Certains abîmés, d'autres pas. Il se figea soudainement. Roulin et Laroche marquèrent un temps d'arrêt.

— Commissaire, c'est bien un… ?

— Oui gamin, c'est un coupe-coupe. À la mode africaine.

Marie avait pu dresser le portrait de Max et remonter son passé. Il n'avait pas été rentier toute sa vie. Loin de là. Pendant quinze ans, Vanderbild avait été officier dans les forces spéciales. Était intervenu en Irak lors de la guerre du Golfe, plus tard en Yougoslavie et en Afrique. Il avait quitté l'armée avec le grade de capitaine. Max Vanderbild avait forcément un complice dans la place. Aussi préparé que lui. Aussi entraîné que lui. Et peut-être même deux. Et pourquoi pas plus encore.

— Bon sang, s'écria Laroche, je n'avais pas pensé à celui-là. Des jours qu'il nous roule dans la farine.

Dix minutes plus tard, le commissaire était avec Roullin à la cathédrale. Le gardien était occupé à faire du rangement.

— Si je vous dis guerre du Golfe, Yougoslavie et Afrique, vous me répondez ?

— Je vous réponds que j'y étais.

— Capitaine Max Vanderbild, ça vous dit ?

Le gardien piqua un démarrage à l'allure du cent mètres et se dirigea vers la porte. La radio de Rémond et Machefer cracha : « Ça sort, c'est pour vous ». La carrure d'ancien commando parachutiste ne lui suffit pas. Le gardien avait déjà les pinces dans le dos. Laroche était planté devant le suspect.

— Où est-ce que vous avez appris à couper les têtes ? En Serbie peut-être, ou plus sûrement au Rwanda ?

Lorsqu'il le vit entrer dans les locaux de la PJ, Max Vanderbild comprit que la partie touchait à sa fin. Armand allait être interrogé et il allait sans doute tout déballer.

— C'est bon commissaire. Je prends tout à mon compte. Il n'a fait qu'obéir. Comme lorsqu'il était sous mes ordres. Et ces ordres étaient de tuer ces trois-là : Delannoy, Guinaudeau et Barraud.

— C'est au combat que vous l'avez formé comme ça ?

— Disons que le sergent Armand est un endurci.

— Armand et d'autres ? On sait que pour amener Delannoy dans sa sépulture provisoire rue Lucile, il y avait deux personnes. Alors qui d'autre ? Et pourquoi vouloir ces morts ?

— La Reine de Guinée, commissaire.

— Mais votre famille n'a rien à voir avec la Reine de Guinée. Le bateau était armé par Guinaudeau.

— Précisément si. Ma famille avait à voir avec cette expédition.

— … qui a été économiquement catastrophique !

— Justement. Le bateau a ramené de la côte d'Afrique une femme. C'était une épouse répudiée d'un roi local. Il avait payé le capitaine Chargé.

— … Oui je sais. Pour la faire venir en France avec la promesse qu'elle y serait bien traitée.

— L'or donné par le roi devait compenser le fait que le bateau a dû faire une traite incomplète sur la côte d'Afrique. Mais ça ne s'est pas passé comme ça. La nouvelle s'était ébruitée. Aussi, lorsque la Reine de Guinée est arrivée à Saint-Domingue, des hommes de main à la solde de notre oncle se sont emparés de la cassette.

—Et en quoi le propriétaire et les maîtres d'équipage de ce bateau étaient-ils concernés ?

—Un jour, Jean-Philippe Guinaudeau m'a mis sous le nez une lettre que, depuis Saint-Domingue, le capitaine Chargé avait fait porter à Nicolas, son ancêtre. Elle informait l'armateur qu'une importante quantité d'or était à bord et expliquait la raison de cette présence. Il y était aussi clairement mentionné que seuls le capitaine et le chirurgien étaient au courant de la présence de cette cargaison.

—Était-ce une raison pour vouloir faire disparaître leurs descendants ?

—La Reine de Guinée ne transportait pas seulement « la femme » et une cargaison d'or. Mais bien plus que ça.

—Je suppose que vous allez encore me sortir quelque chose de votre chapeau ?

—De mon chapeau, non ! Mais des archives familiales plus sûrement. Lorsqu'elle est arrivée à Saint-Domingue, la Reine de Guinée a débarqué… une passagère.

—Mais continuez bon sang…

—La reine déchue avait embarqué avec elle son enfant. Une fille de cinq ans environ. Elle fut cachée dans l'exploitation sucrière. Avant d'être plus tard amenée à La Rochelle sur un bateau de notre armement. Et devint servante de notre famille.

Le commissaire écoutait religieusement. Max Vanderbild ne s'arrêtait plus.

— Quinze ans plus tard en 1810, elle donna naissance à un garçon…

— Un Vanderbild, c'est bien cela ? Conçu dans le secret d'une chambre de bonne.

— Oui.

— Et, de ce garçon, vous êtes le descendant. Ce qui revient à dire qu'en remontant à deux siècles bien avancés, vous avez des liens avec Jean-Philippe Guinaudeau, Agnès Delannoy et le procureur Évron.

— C'est cela.

— Pourquoi, dans l'appartement de la rue Saint-Claude, ces deux photos : celles d'Agnès Delannoy et d'Évron, toujours pas rayées au feutre rouge. Les prochains sur votre liste ?

— Je m'en fiche d'Agnès. Même si on se connaît depuis longtemps. J'ai maintenu le contact uniquement pour avoir un lien avec tout ce beau monde. Avec elle, j'avais un peu les trois sous la main. Et surtout, Agnès ayant le nez dans le dossier, elle me transmettait beaucoup d'informations. Sur l'oreiller, vous comprenez… elle oubliait l'avocate. Non Agnès ne serait pas morte. Elle n'a rien à voir avec tout ça. Je dirai même qu'elle est plutôt du bon côté du bateau. Et oui, il devait arriver malheur à Évron.

Laroche et Roullin n'étaient pourtant pas au bout de leurs interrogations. Ils voulaient savoir pourquoi Vanderbild avait demandé à ses « auxiliaires » d'utiliser un tel mode opératoire.

— On va être très clair, commissaire. Quand le sergent Armand m'a prévenu que le boulot était fait pour Delannoy et qu'il m'a décrit la manière, je l'ai engueulé. Mais c'est plus fort que lui. Il a toujours été barbouzard. Je l'aurai plus vu en mercenaire au fin fond de l'Afrique que concierge d'une paroisse. Alors, pour Guinaudeau, il a fait un peu plus « doux ». Mais un tout petit peu seulement. Et pour Barraud, je lui ai dit de rester raisonnable. Pour les têtes coupées et les mises en scène à épisodes, je n'ai rien demandé. Juste de faire le job discrètement, c'est tout.

— Discrètement ! Il aurait pu choisir un endroit plus discret que le musée du Nouveau Monde. Dont il connaissait les codes d'alarme apparemment. Comme si, en plus, il était concierge du musée, lâcha Laroche d'un air presque enjoué.

Le commissaire fit venir Irène Combe pour une confrontation avec son frère. À peine assise, il lui mit sous les yeux le coupe-coupe trouvé dans son appartement.

— Expliquez-vous Madame Combe. Sur ça et sur le rasoir trouvé dans votre salle de bain.

La conservatrice du musée avait à peine retrouvé ses esprits après le précédent interrogatoire. Elle échangea un regard avec Max qui lui fit un petit signe.

— Oui, un homme habite chez moi. C'est… le sergent Armand.

— Et le sergent a bien un complice, vous confirmez ?

— Sans doute.

— Moi je vous l'affirme. Car sur le manche de cette machette, nous avons isolé une empreinte digitale. Et une seule. Cette empreinte, c'est la vôtre, Irène. Vous avez eu cette arme entre les mains. Et apparemment, vous seulement. Étiez-vous rue Lucile ? Y avez-vous déposé le corps de Charles-Edmond Delannoy ? Votre silence pourrait résonner comme un aveu !

Laroche était déchaîné. Roullin avait du mal à suivre en prenant des notes. Il lui fit signe de se calmer.

— Connaissez-vous le souterrain de la cathédrale, Madame Combe ? Cette pièce où était entreposé le tableau de la Reine de Guinée ? Cette chapelle maculée de rouge ? Du sang de vos trois victimes.

Le commissaire sortit. Claqua la porte un grand coup. Fit amener le sergent Armand dans la pièce à côté. Celui-ci prit place, le regard droit.

— C'est fini Armand. Irène vient de tout avouer. Inutile de nous baratiner. Comme vous le faites depuis plusieurs semaines. Simplement, je voudrais juste l'entendre de votre bouche. Qu'on le consigne dans un procès-verbal.

Rompu aux méthodes d'interrogatoire. Souvent même plus musclées et un tantinet hors la loi, le sergent ne broncha pas. Seule la vue de la machette que Laroche lui présenta mit fin à son silence. Oui il avait décapité les trois victimes après les avoir tuées. Et oui Irène était sa complice, présente lors de la commission de chaque homicide. Elle semblait y prendre un plaisir certain, compléta même le sergent Armand.

Le commissaire repartit dans la pièce voisine. Il ne manquait qu'une pièce au puzzle. Le motif. Quel secret les Vanderbild voulaient-ils cacher, dont les descendants de l'armateur Guinaudeau, du capitaine Chargé, du médecin Barraud, des familles De la Raison et Évron-L'Evescault avaient connaissance ?

Le procureur Évron et Agnès Delannoy eurent à s'expliquer sur ce tableau dans le souterrain de la cathédrale. Apprendre que Vanderbild avait reconnu être le commanditaire des meurtres perturba Agnès.

L'enquête a mis aussi au jour le fait que c'est le sergent Armand qui avait volé le registre au musée. Qu'il l'avait imprudemment laissé dans la chapelle souterraine. Le procureur Évron et Agnès Delannoy connaissaient l'existence de cette pièce. Et celle du tableau de la Reine de Guinée dans la tempête. Que le procureur avait replacé là la veille de sa découverte, expliquant ainsi l'absence de trace d'humidité.

— Il était chez moi depuis deux semaines, reconnut le magistrat.

— Mais pourquoi l'aviez-vous emporté ? demanda Laroche.

— Parce que je voulais l'étudier de très près. Et aussi parce qu'Agnès Delannoy, qui connaissait elle aussi son existence, voulait le vendre. Vous savez, comme elle a vendu le mobilier de sa maison. Elle s'en estimait propriétaire. Or il n'en était pas question.

— Et vous l'avez fait chanter en lui expliquant que si elle ne renonçait pas à son projet, vous dévoileriez sa ressemblance avec la représentation de « la femme » ?

— Oui, commissaire.

Après une pause dans les interrogatoires, l'avocate fut invitée à répondre aux questions.

— Nous savons que vous aviez l'intention de vendre le tableau trouvé dans la chapelle souterraine. Comme votre mobilier du XVIIIe l'autre jour. Pourquoi ? l'attaqua Laroche.

—Je voulais faire disparaître cette représentation. Qu'elle parte loin. Je ne sais pas, n'importe où, mais ailleurs. Que cette représentation de moi-même quitte mon regard.

—Et le procureur a contredit vos projets.

—Oui, il m'a expliqué que même si je vendais ce tableau, lui en avait un autre qui permettrait de m'identifier. Que si nous nous en séparions, le malheur arriverait sur nous. Alors j'ai pris le problème à l'envers. Et j'ai choisi de ne plus être reconnaissable.

Resté à l'isolement, Vanderbild, n'avait toujours pas craqué. Irène Combe, le sergent Armand avaient signé leur aveux. Lorsque Laroche et Roullin entrèrent dans la pièce, il se leva, se planta face à eux.

—Allez chercher ce maudit tableau, leur lâcha-t-il.

Dix minutes plus tard, Marie et un de ses adjoints le posèrent le long du mur de la salle d'interrogatoire.

—Approchez-vous et regardez, en bas à droite.

Comme un ordre, cela claqua aux oreilles du commissaire. Il s'exécuta. En bas à droite justement, il y avait la représentation d'un objet, difforme et méconnaissable.

— Et ? Que dois-je voir ?

— Faites chercher une grande cuillère !

Laroche en avait entendu pendant toutes ces années de carrière, mais boucler sa dernière enquête avec une cuillère ! Marie en ramena une de la salle de repos. Vanderbild la disposa précautionneusement, le dos face au tableau.

Il n'en crut pas ses yeux. Par la déformation, apparut une tête de mort. Et juste en dessous cette inscription latine : « Que la mort soit sur ceux qui ont séparé de sa terre la reine divine ».

— Voilà, commissaire, vous comprenez pourquoi, ma sœur et moi avons, depuis que nous avons découvert ce tableau, reçu comme instruction de l'au-delà l'obligation d'accomplir cette mission. Les Guinaudeau, Chargé et Barraud en étaient les responsables directs. Contre de la monnaie sonnante et trébuchante. Leurs descendants portaient cela dans leurs gênes. Dommage ! Pour eux.

— Et Évron avait percé le mystère, c'est bien cela.

— Oui commissaire. Le procureur est un amateur d'art, rappelez-vous. Il a l'œil fin et précis.

Ce soir du jeudi 21 août 2014, le commissaire Pierre Laroche referma l'épaisse chemise cartonnée mauve qui trônait sur son bureau depuis un mois. L'Histoire de la police judiciaire retiendrait qu'il serait le flic qui avait résolu l'énigme des trois têtes coupées de La Rochelle. Il en fût soulagé. Mais aussi frustré. Le mobile de ces trois crimes lui paraissait toujours invraisemblable.

De la cour d'assises qui aurait à le juger, Laroche attendait qu'elle puisse lever le voile sur la personnalité de Vanderbild. Cet homme qui avait reconnu être le commanditaire de trois meurtres et avait mis en scène une tentative sur lui-même pour passer à travers les radars de la police.

Charles-Edmond Delannoy, Jean-Philippe Guinaudeau et Philippe Barraud étaient sans doute morts parce qu'un illuminé croyait devoir accomplir une mission divine… Dix-huit mois plus tard, il fut condamné à vingt ans de réclusion, Irène Combe et le sergent Armand à quinze.

– XLVII –

Vendredi 26 septembre 2014

Le gratin de la police rochelaise était réuni dans le hall du théâtre La Coursive, privatisé pour l'occasion. Ce soir, Pierre Laroche tournait la page de sa vie de flic. Ses collègues avaient fait les choses en grand. À force de subterfuges et avec l'évidente complicité du lieutenant Roullin, la « Mitterrandienne » trônait en plein milieu, après s'être fait une beauté en passant à la station de lavage.

Le commissaire n'aimait pas les discours et ça n'était pas ce soir qu'on le changerait. Pourtant, il dût s'y plier. Le directeur régional de la police judiciaire s'y colla. Sa carrière, les éléments connus de sa vie. Créteil, La Rochelle, toutes ces affaires résolues et celles qui ne le furent pas. Comme ce meurtre d'un jeune homme découvert dans le vieux port. Un an d'enquête pour aboutir à des incertitudes.

Et ce dernier round. Quand même ! Quel dossier. Un triple meurtre pour finalement un prétexte futile. Deux cents ans bien tassé après les faits qui en ont inspiré le mobile.

Laroche dut rendre une réponse à son supérieur hiérarchique. Il avait préparé un vague texte, griffonné sur une feuille pliée en quatre. Il ne regrettait rien. Ni son passé, ni de partir. Aujourd'hui, avec tous ces ordinateurs, ces méthodes scientifiques, la police avait un peu perdu de son charme. À sa demande, il n'y eut pas de cadeau. Il invita l'assistance à se diriger vers le buffet.

Alexandre Roullin s'approcha de lui. Lui tapa sur l'épaule.

— Faut que je vous dise quelque chose, patron. Je me suis inscrit au concours de commissaire. Je le passe au mois de décembre.

Pierre Laroche le serra dans ses bras.

— C'est con, gamin ! Comme tu vas l'avoir, tu devras quitter le bord de mer !

– Notes de l'auteur –

Les passages concernant la traite négrière sont librement inspirés de documents disponibles aux archives départementales de Charente-Maritime, dont je remercie les agents pour leur accueil et leur disponibilité lorsqu'on est un peu perdu dans les catalogues.

Parmi eux, le récit de Claude-Vincent Polony (AD 17—4J 4311) ; le journal de bord de la Reine du Podor et bien d'autres documents et échanges de courriers.

À voir aussi sur internet l'exposition virtuelle consacrée à la traite négrière par les archives départementales :

http://www.exposvirtuelles.charente-maritime.fr

À consulter également sur internet les journaux des bateaux « Le Roy Dahomet » et « La Suzanne Marguerite » sur le site de la ville de La Rochelle www.larochelle.fr, onglet archives municipales.

Les termes de nègre, négresse, négrillon et négritte sont ceux qui étaient utilisés à cette époque.

LA GESTE

www.gesteditions.com

Par ce logo, nous témoignons d'une volonté de réduire les impacts environnementaux liés aux activités de l'imprimerie. Nous choisissons un imprimeur impliqué dans la réduction des gaz à effet de serre. Le choix de nos papiers assure que la production a été faite à partir d'un produit à base de bois et a suivi le cahier des charges d'une gestion durable des forêts européennes. Achevé d'imprimer chez Factory en Union européenne en août 2018.

Composition : Sarah Ponzo

Dépôt légal : second semestre 2018

11, rue Norman-Borlaug
79260 La Crèche
05 49 05 37 22
contact@gesteditions.com